Erste Seite, auch „Schmutztitel" genannt

Zweite Seite

Amor,
lerne endlich richtig zu treffen!

oder

verliebe dich nie in

einen verheirateten,
einen seelisch lädierten,
oder
alleinerziehenden Mann

Die Deutsche Nationalbibliothek verzeichnet diese Publikation in der Deutschen Nationalbibliografie; detaillierte bibliografische Daten sind im Internet über http://dnb.dnb.de abrufbar.

**1. Auflage, Januar 2020**
TWENTYSIX – Der Self-Publishing-Verlag
Eine Kooperation zwischen der Verlagsgruppe Random House und Books on Demand

© 2020 Arade, Selma

Herstellung und Verlag: BoD – Books on Demand, Norderstedt

**ISBN** 9783740763558

# Einseitiges Zwiegespräch

## zwischen

## Selma und Amor

Die Idee zu diesem Buch hatte ich nach Schuss 10.

Bitte fangt aber jetzt nicht ganz hinten an zu lesen, obwohl ich mir gut vorstellen kann, dass ihr Neugierig seid. Auch ich habe bei einigen Büchern, nach den ersten Seiten ganz nach hinten geblättert um zu sehen ob der Protagonist am Ende des Buches noch lebt.

Kennt ihr das? Ich fand die Frage, was passiert alles bis das Ende des Buches er-reicht war, spannender als von vorne nach hinten zu lesen. Erst recht spannend sind Bücher, in denen am Ende die Protagonisten vom Anfang nicht mehr auftauchen.

Bei mir ist das so, ich lese manchmal nach den ersten Seiten auch die letzten bevor ich wieder nach vorne blättere.

Lasst euch Zeit und lest eine Seite nach der anderen. Wobei ich schon hoffe, dass ihr Spaß beim Lesen habt und vielleicht kann sich die eine oder andere von Euch damit identifizieren.

Natürlich ist dieses Buch nicht nur für Frauen gedacht, doch wie groß ist die Wahrscheinlichkeit dass ein Mann ein Verhältnis mit einer verheirateten Frau hat?

Uppppssss....schon habe ich vorausgegriffen und zu viel verraten.

Lasst Euch überraschen und genießt die nicht ganz jugendfreien Geschichten!

| | | |
|---|---|---|
| Schuss 1 | Christian | Die Jugendliebe |
| Schuss 2 | Miguel | |
| Schuss 3 | João | Die verheirateten Portugiesen |
| Schuss 4 | Rui | |
| Schuss 5 | Frank | Der Beziehungsgeschädigte |
| Schuss 6 | Uwe | Der ewige Single |
| Schuss 7 | Dietmar | Der 1. seelisch lädierte |
| Schuss 8 | Cem | Das orientalische Abenteuer |
| Schuss 9 | Robert | Der 2. seelisch lädierte |
| Schuss 10 | Peter | Der Alleinerziehende |

1979 - 1989

Schuss 1

Die Jugendliebe

Christian

Sternzeichen Zwilling

Schwuuuppppps – der Pfeil saß! Und das gar nicht mal so verkehrt, dafür das es der erste Schuss von Amor im Leben von Selma und ihm war.

Ganz zufrieden lächelnd saß Amor auf seiner Wolke, den Kopf in die rechte Hand gestützt und schaute auf sein Ergebnis. Naja der beste Treffer war es nicht, aber meine Güte – ich fang ja gerade erst an dachte Amor und schob sich den Köcher am Rücken zu Recht. Das Korbgeflecht in dem sich die Pfeile drin befanden, kratzte auf seinem Rücken, doch er konnte das Ding nicht abnehmen.

Es war, seit er das Amt als einer von den vielen Amors übernommen hatte, fest an ihm verbunden. Mit Schulter zurecht schieben und dem Versuch die vom Kinn gelöste Hand so weit wie möglich nach hinten an die Stelle zwischen die Schulterblätter zu bekommen, um sich zu kratzen, verzog er auch gleichzeitig das Gesicht zu einem „uff" und „aaaahh" und dachte „daran werde ich mich nie gewöhnen", schaffte es aber trotzdem den Juckreiz einigermaßen zu mindern.

Er trug ja auch nur die komische Hose, die ihn doch an ein früheres Leben im zarten Alter von 1,5 Jahren erinnerte. Wieso konnte er sich überhaupt daran erinnern? Das weiß Amor nicht, wie so viel, dass aus seinem eigenen Leben mit der Übernahme seines Amtes verloren gegangen ist. Vereinzelt blitze aber noch das ein oder andere auf – unter anderem was sein jetziges Wirken bedeutet – Liebe! Liebe verbreiten, fördern, erhalten. Wer sich wohl diese Marketingstrategie ausgedacht hat….??

Ein bisschen schüchtern war Selma schon, deswegen musste er mit dem Pfeil auch nachhelfen. Üblicherweise reichte es aus, dass er nur etwas von seinem Wolkenstaub verstreute wenn sich die 2 Menschen das erste Mal tief in die Augen schauten, die auf seiner ab zuarbeiteten Liste standen. Auf dieser standen natürlich auch der Tag, der Ort und der Zeitpunkt wo sie sich treffen würden. Da aber Amor etwas schusselig war, verrutschte er ab und zu schon mal in der Zeile oder verwechselte die Personen. Das hatte die Konsequenz, dass sich nicht Person A mit B und C mit D trifft, sondern A mit D und B mit C.

OK – manchmal geht's ja gut und die Zufallstreffer bleiben ein Leben lang zusammen, doch manchmal auch nicht und hier setzten wir im Leben von Selma wieder an.

Auch bei Selma und Christian traf der Pfeil zwar, aber angedacht für Selma war eigentlich der schicke, große gutaussehende Junge mit den braunen Augen. Christian hatte auch braune Augen und so kam es das Amor das erste Mal sein Schuss falsch absetze. Was aus dem großen, gutaussehenden Jungen mit den braunen Augen geworden ist, weiß Amor nicht. Er verschwand von seiner Liste nachdem er Christian und Selma „beschossen" hatte. Und so wiederholt sich das für Selma die nächsten Jahre.

Amor, hast Du dich ein bisschen genötigt gefühlt den Pfeil abzuschießen? Schließlich stand da der große blonde Typ, der gebetsmühlenartig ständig die Hand von Christian und Selma nahm und sagte:

„Hiermit erkläre ich euch zu Mann und Frau"

Ihr passt sooooo gut zusammen. Wenn das ein paarmal gemacht wird, nicht wahr Amor, dann kann man das auch schon mal glauben und denken, na gut, dann schieß ich mal. Auch wenn die Namen auf der Liste nicht übereinstimmten. Die Liste nimmst Du, Amor ja auch nicht ganz so ernst, stimmt's?

Nun war´s zu spät, die 2 mussten die nächsten Jahre zusammen verbringen, haben sogar nach 3 Jahren Beziehung geheiratet. Wobei es nicht mal einen richtigen romantischen Heiratsantrag gab, die beiden haben einfach beschlossen:

„Wir könnten auch heiraten".

Der Kauf der Ringe war unkompliziert. Aus Weißgold sollten sie sein und später auch die Eheringe werden, in die dann das Hochzeitsdatum und den Vornamen eingraviert wurde.
Du Amor, mein Lieber, konntest dich für einen langen Winterschlaf hinlegen.

Gute Nacht! Schlaf gut!

Wir waren jung und sexuell recht experimentierfreudig sowie neugierig auf alle möglichen Stellungen, egal ob oben, unten, vorne, hinten, Oral, irgendwann auch mal Anal und natürlich die berühmte 69 und so dauerte es auch nicht lange bis wir unser erstes Liebesnest mit einer großen Spielwiese einrichteten.
Er war besonders gut bestückt und in einigen Stellungen kam er so bis zum Anschlag, was doch schon einerseits schmerzhaft war, andererseits auch erregend. Das sanfte Schmerzen in einer späteren Beziehung mich erregten, wusste ich damals noch nicht.

Bis zum Anschlag kam er auch am Anfang bei Oralsex, was ich aber lernte zu verhindern. Mein Essen wollte ich in mir behalten. Neugierig wie ich war, wollte ich auch wissen wie „er schmeckt" und so kam es dass ich eines Tages (oder Nachts?) sein Ejakulat schluckte. Ein paar Mal habe ich das noch gemacht, aber mein Körper und ich haben entschieden, dass das nichts für uns ist. Danach und bei darauffolgenden Männern habe ich den Mund aufgelassen und alles wieder rauslaufen lassen.
Zugegeben hätte ich das damals nie im Leben! Aber die Pornos, die wir uns anschauten und ein spezielles Heft, das nur in einer kleinen schwarzen Tüte verkauft wurde, erregten mich, uns sehr. Das Heft kaufte er, als Mann. Ich als Frau hätte, so schüchtern wie ich nach außen hin war, das Heft nicht gekauft, geschweige denn in der Öffentlichkeit angefasst. Doch kaum das er mit der neusten Ausgabe zu Hause war, lasen wir uns gegenseitig die Geschichten vor. Weit kamen wir nicht ohne eine „künstlerische" Pause einzulegen.

Irgendwann traute er sich mich auf die in dem Heft aufgegebenen Anzeigen zum Partnertausch anzusprechen und ob ich mir vorstellen könnte, ein sexuell gleichgesinntes Pärchen zu kontaktieren.
Es prickelte, Ja das konnte ich. Christian war bis dato mein erster und einziger Mann und ich wollte schon damals wissen wie es sich anfühlt von einem anderen Mann verwöhnt zu werden.

Die Anzeigen suchten wir gemeinsam aus, anschreiben musste er sie. Damals waren die Anzeigen mit einer Chiffrenummer versehen. Ob es das Heft heute noch gibt und wenn ja wo man es kaufen kann, weiß ich nicht.

Als der Abend, an dem wir die beiden treffen wollten kam, war ich sehr nervös. Wildfremde Menschen in deren Wohnung und Sex. Wir beschnupperten uns in dem wir über allgemeines sprachen und auch über Vorlieben. Als der Vorschlag kam Strippoker zu spielen, wusste ich, jetzt ist es soweit.
Ihr kennt ja den Spruch Glück im Spiel, Pech in der Liebe. Bei mir trifft irgendwie das Glück nicht zu, nach nur wenigen Runden saß ich fast nackt da.
Wir einigten uns darauf mit dem Kartenspiel aufzuhören und endlich das zu tun, wozu wir uns getroffen haben. Wann das war und wie die beiden hießen weiß ich nicht mehr, es spielt auch keine Rolle. Es war das erste und einzige Mal das ich von einer Frau geküsst wurde und sie geküsst habe und das am ganzen Körper. Auch an den Stellen, die bis dahin nur meinem Mann vorbehalten waren. Ach so, der 1. große LiebesPfeil scheint ja etwas länger anzuhalten. Wir hatten geheiratet.
Nachdem wir Frauen uns gegenseitig befriedigt hatten, ging sie mit meinem Mann ins Wohnzimmer und ich blieb mit ihrem Mann im Schlafzimmer. So große Hoden hatte ich, auch in den Pornos noch nie gesehen. Ja, es hat mir gefallen! Christian und ich haben noch lange danach unsere Phantasie auf diesen Abend zurück-schweifen lassen. Und dabei blieb es auch, zunächst.

Mein Mann fand Jahre später gefallen an meiner damaligen besten Freundin und ich an einem Typen aus dem Supermarkt. Bei ihm war es allerdings so, dass meine Freundin schwanger war und sie mir später in einem klärenden Gespräch gestand, dass sie bis zur Geburt nicht wusste wer der Vater des Kindes ist. Das Kind sah ihrem eigenen Ehemann aber so ähnlich, dass die Vaterschaftsfrage gar nicht mehr aufkam.

Die Trennung war beschlossen, er zog aus und eineinhalb Jahre später wurden wir geschieden.
Amor die Kraft deines Pfeiles hatte seine Wirkung verloren.

Sex war mir immer wichtig. Ich hab da wohl ein paar männliche Gene in mir, denn Sex geht auch ohne Liebe. Liebe ohne Sex geht auch, aber das lernte ich erst später.

Nach der Trennung von Christian und auch in den Jahren in Portugal konnte ich einigen Männern, auch wenn ich sie danach nie wiedergesehen habe, nicht widerstehen.

In Erinnerung bleiben nur wenige wie z.B. der, dem ich mich im Auto auf einer Felsenklippe mit nicht angezogener Handbremse hingab.
Als besonderes Erlebnis ist mir auch der Fremde in der Zugtoilette noch in Erinnerung, warme Nacht im August, irgendwo zwischen München und Frankfurt.

1990 - 1993

Schuss 2

Die Portugiesen

Miguel

Sternzeichen Jungfrau

Er trug weise Socken. Immer. Ich habe nie seine nackten Füße gesehen.

Amor – ich glaube das Du hier mal wieder in der Zeile verrutscht bist. Von rechts nach links oder links nach rechts, aber nicht diagonal musst die Namen der Menschen lesen, die Du zusammen bringen sollst. Muss man dir alles sagen? Für die Zeit mit Miguel ist das zwar zu spät und vielleicht braucht das ja eine Weile bis das bei Dir angekommen ist, aber kannst Du bitte einmal was richtig machen. Bitte bitte bitte…..

Bei meinem ersten Aufenthalt in Portugal lernte ich den in der Hotelbar arbeiteten Miguel kennen. Na was glaubt ihr – Blond war er nicht, nein ein typischer Portugiese mit schwarzen Haaren und braunen Augen. Ich fand ihn sehr sympathisch und noch während meines Aufenthaltes besuchte er mich in meinem Hotelzimmer.
Als Angestellter war das schon ein Risiko für ihn, doch heute weiß ich, das sein sexueller Drang stärker war als die Angst entlassen zu werden.

Zurück in Deutschland ging er mir nicht mehr aus dem Kopf und als ich meinen Urlaub plante und wir bei dem Reiseveranstalter bei dem ich arbeitete, eine günstiges Angebot für einen Flug nach Lissabon erhielten, war klar wo ich hinfliege. Lissabon ist knapp 300 Kilometer von der Algarve entfernt und das Angebot galt auch nur ab München. Was macht man nicht alles…..Ich stieg also in Frankfurt in den Zug, fuhr nach München, flog nach Lissabon und von da aus ging's mit einem Mietwagen an die Algarve.
In der ersten Woche musste ich ein anderes Hotel buchen, in der zweiten Woche konnte ich dann in das Hotel umziehen, in dem er arbeitete, das direkt an einem langen Sandstrand lag. Vom Hotel aus direkt an den feinen Sandstrand. Ich hatte ja einen Wagen und so fuhr ich jeden Tag rund 30 hin und wieder zurück um dort am Strand, vor dem Hotel, meinen Tag zu verbringen. Ich lag immer so, dass ich die große Hotelterrasse sehen konnte falls er mal aus der Bar rauskam. Ins Hotel, an die Bar, bin ich gleich am 2. Urlaubstag. Ich musste ihm doch zeigen dass ich da bin. E-Mail, Handys und WhatsApp gab es damals noch nicht.
Er freute sich schon dass ich da war und ich machte mir Hoffnung. Bis er mir erzählte, dass er verheiratet ist.

    Oooochhhh Amor ….

Das hielt mich jedoch nicht davon ab, mich mit ihm zu treffen und so trafen wir uns in der ersten Woche an einer ruhigen Stelle. Ich kam gerade vom Strand und hatte mein großes Badetuch dabei, was mir als Unterlage auf dem sandigen Gelände fernab von irgendwelchen Spaziergängern diente. Nachdem wir uns sozusagen in die Büsche geschlagen hatten, kamen wir auch ganz schnell zur Sache.

Das Handtuch musste ich an der Rezeption abgeben damit es gewaschen werden konnte. Ich glaube der Rezeptionist hatte eine Idee was damit gemacht wurde…..
An den feinsandigen Stränden an der Algarve gibt es diese Erde nicht, die im Handtuch hing.
In der 2. Woche meines Urlaubes konnte ich in das Hotel umziehen, in dem er auch an der Hotelbar arbeitete. So verbrachte ich jedem Abend nach dem Essen meine Zeit an der Bar, beobachtete ihn, sprach mit ihm, blickte neidisch und ein bisschen eifersüchtig auf andere Frauen mit denen sich Miguel unterhielt und dachte „Wenn ihr wüsstet". Heute bin ich mir sicher, dass auch der ein oder andere Kollege es wusste.

Wie auch immer er es als Hotelangestellter geschafft hat ohne von seinen Kollegen gesehen zu werden, zu mir ins Zimmer zu kommen, interessierte mich nicht. Er war da, wenn auch nicht lange.

Einmal konnte er abends nicht und zog mich ins Treppenhaus, das nur vom Personal benutzt wurde. Wie wir den Akt auf Treppenstufen und Geländer vollzogen haben, kann ich heute nur mit Kamasutra erklären. Ein Quickie, der aber ein Leben lang in Erinnerung bleibt.

Der Urlaub war, wie jeder Urlaub, viel zu schnell vorbei und ich musste zurück nach Deutschland. Vier Monate später sah ich eine Anzeige in einer großen Tageszeitung „Suchen Reiseleiter für die Algarve". Da ich schon bei der Inforeise und in meinem Urlaub mich sauwohl in dem kleinen Land der iberischen Halbinsel wohlfühlte überlegte ich nicht lange, bewarb mich, wurde angenommen, habe innerhalb von 3 Wochen in Deutschland alles geregelt und weg war ich mit zwei Koffern in der Hand.

Dort angekommen, bat ich darum, die Region zu betreuen, in der ich ein paar Monate zuvor meinen Urlaub verbracht hatte.

Ich wollte ja in seiner Nähe sein und die Zuständigen waren damit einverstanden. So erhielt ich am Tag nach meiner Ankunft einen Mietwagen und den Hinweis wo ich mich wegen des Apartments melden soll. Navi´s gab's damals nicht, nur Straßenkarten und ein Mund zum Fragen. Ich fand das Hotel und die riefen den Besitzer des Apartments an. Er zeigte mir das Apartment, übergab mir die Schlüssel und das war nun mein Zuhause für die nächsten Monate. Ich wechselte zwar irgendwann das Apartment, ich glaube ich musste, weil der Besitzer es über die Sommermonate vermietet hatte, aber ich blieb nicht wie ursprünglich geplant 6 Monate – nein es wurden 5 Jahre.

Miguel arbeitete zwischenzeitlich in einem anderen Hotel in einem der vielen Touristenorte, dessen Bar wirklich spektakulär ist und die man unbedingt mal gesehen haben sollte.

Auch hier bin ich oft hingefahren, saß in der Bar, lonely only und das sexuelle Vergnügen fand dann bei mir in Wohnung statt. Die lag, für ihn, idealerweise auf seinem Heimweg.
Oralsex beruhte für ihn nur auf Einseitigkeit, er genoss, ich schmeckte.

Und so vergingen die Monate bis er mir erzählte, dass seine Frau ein Café eröffnet. Sein Fehler war, dass er mir sagt wo und wann es eröffnet wurde.

„Zufälligerweise" lag es zwischen zwei Hotels die ich betreute und so verbrachte ich an den Tagen, ich denen ich meine Sprechstunden in den Hotels hatte, meine Mittagspause in dem Café mit Kaffee trinken, Sandwich essen und mich von ihr bedienen lassen. Ab und an war Miguel auch da und bediente mich. Könnt ihr euch vorstellen was das für ein Gefühl ist, ihn zusammen mit seiner Frau zu sehen und zu hören was sie besprechen und dabei völlig ruhig zu bleiben? Ich konnte und wollte ja nicht seine Ehe zerstören. Das hat er schon selbst erledigt, aber in den Augen seiner Frau wäre wohl ich die schuldige gewesen.
Ihr aber freundlich in die Augen schauen, lächeln, sich für den Service bedanken und sich dabei zu fragen ob sie eventuell doch weiß, da ihr Mann und ich sich sexuell vergnügen, hat schon Schauspielerqualität.

Zwei Jahre hatte ich das Verhältnis mit ihm und als ich letztendlich mehr wollte und ihn vor die Wahl stellte, ich oder seine Frau, oder sonst nix, wie glaubt ihr hat er entschieden?

In einem meiner späteren Urlaube bin ich in das Hotel gefahren, hab mich an die Hotelbar gesetzt und gewartet dass er mich entdeckt. Er arbeitete immer noch da und freute sich mich zu sehen. Ich solle doch bis Feierabend auf ihn warten Ja, gerne, ich hoffte auf ein freundschaftliches Verhältnis. Als er dann mit seinem Auto auf dem Parkplatz draußen ankam und ich zu ihm ging, sagte er wortwörtlich: „Und wo gehen wir jetzt zum ficken hin?"

Ich habe mich umgedreht und bin wortlos gegangen. Habe in nie wieder gesehen.

Amor – was hast Du dir dabei gedacht? Hast Du vor dich hin gekichert?

1993 - 1995

Schuss 3

Die Portugiesen

João

Spitzname Panda

Sternzeichen Fische

Mit Panda ist Dir, mein lieber Amor ein sensationeller Treffer gelungen – voll in den Unterleib, aber genau mittenrein. Hast Du gezielt oder bist Du bei schießen abgelenkt worden?

Schon beim ersten Blick spürte ich die Auswirkungen deines Pfeiles in meinen Gedanken. Den muss ich haben und auch wenn zuerst nur Blicke ausgetauscht wurden, so hatten wir nach und nach auch kurze Gespräche. Immer solange wie kein Gast kam oder einer seiner Kollegen, die ihn abholten. Er war mit dem Mietwagen gekommen, den er an die Gäste auslieferte.
Er arbeitete damals für eine Autovermietung „Panda Cars" und ich wusste seinen Namen nicht. Den, Amor hast du mir nicht verraten. Also nannte ich ihn „meinen Panda". Ich traf ihn mehrmals in der Woche an der Rezeption eines Hotels, er lieferte die Mietwagen aus, ich wartete als Reiseleiterin auf Gäste. Na klar, warum sollte es auch anders sein als bei Miguel – er war verheiratet. Bufff… wieder ein Schuss daneben. Wen wolltest Du, Amor, treffen? Hab ich den Mann gesehen oder gar mit ihm gesprochen?

Als uns klar war, dass wir nicht mehr länger auf ein privates Treffen warten wollten, fragte er wo ich wohne. Ich wohnte damals schräg gegenüber dem Hotel in einem kleinen Haus das in einer Senke lag. Ich zeigte ihm meine Wohnung und hier kam es zu dem ersten, gierigen, leidenschaftlichen, nach mehr verlangendem Kuss der mir einen kleinen Vorgeschmack gab auf das was kommen würde. Bis zum Abend wollte die Zeit nicht vergehen! Als er dann endlich kam, kam er im mehrfachen Sinn in meiner kleinen Wohnung mit dem großen Bett. Auch wenn unsere sprachliche Unterhaltung damals vorwiegend auf Englisch stattfand, im Bett brauchten wir keine Sprache. Beziehungsweise, diese „Sprache" verstanden wir.

Nun eine Weile war der Spaß größer als das Verlangen nach einem festen Partner. Tränkst du, Amor, eigentlich die Pfeilspitzen mit irgendwelchen Substanzen die verschiedene Auswirkungen haben?

Ehe? Affäre? Freundschaft?

Das könnte natürlich auch sein, dass Du die Pfeile immer in das falsche Töpfchen tunkst. Haben die unterschiedlichen Farben und bist Du vielleicht Farbenblind?

Aber mal ganz ehrlich, die 2 Jahre haben echt Spaß gemacht, denn Panda war ein fantastischer Liebhaber. Wusste ich bis dahin was ein Orgasmus ist? Ja, aber nicht was ein multipler Orgasmus ist. Mit ihm durfte ich diese prickelnde Erfahrung machen und was ist wenn eine Frau etwas bekommt was ihr riesigen Spaß macht? Sie will mehr davon und so fieberte ich jedem geheimen Treffen entdecken und versuchte immer wenn ich ihn sah, wenigstens ein „Quickie" zu bekommen. Mit seiner Zunge war auch sehr geschickt.

An einem Abend, ich kam gerade aus einem Hotel wo ich Sprechstunde für die Gäste hatte, sah ich an meinem Auto einen kleinen Zettel, der unter dem linken Scheibenwischer eingeklemmt war. Handys gab es damals noch nicht und so war die Kontaktaufnahme auch auf Papier und Stift beschränkt.

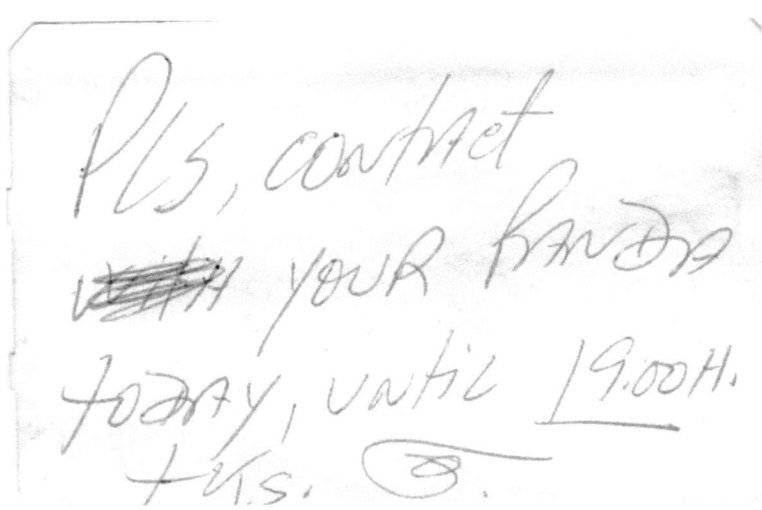

Mit der Zeit wurden wir, was geheime Treffen anging, auch erfindungsreicher. Da wir uns auch regelmäßig am Flughafen Faro trafen, ich um ankommende Gäste in ihren Transferbus zu verfrachten, er um Gästen ihren gebuchten Mietwagen am Flughafen auszuhändigen, konnten wir uns dort zumindest unterhalten, in die Augen schauen, Berührungen austauschen und in einer stillen Ecke auch schon mal einen Kuss geben.

In einer längeren Pause zwischen 2 Landungen fuhren wir zu einem nahegelegenen Ort mit sehr vielen Pinien um unsere eigene „Landung" zu fabrizieren. Dort fanden wir ein lauschiges Plätzchen und als es uns im Auto zu eng wurde, stiegen wir aus. Die warme Motorhaube im Rücken müsste etwas besser gepolstert sein, dann wäre es auch bequem. Aber egal, was macht man nicht alles für das Verlangen.

Irgendwann bemerkten wir, dass wir von einem Mann beobachtet wurden. Was seine Hand so weit unten tat, konnten wir auf die Entfernung nicht sehen, hatten aber eine angeregte Fantasie. Das war´s dann aber auch….. enttäuscht und beide nicht wirklich befriedigt fuhren wir zurück zum Flughafen. Der Kaffee, zusammen mit den dort auf den nächsten Flieger warteten Kollegen, war eine kleine Entschädigung.

Eines Tages waren wir zusammen in Evora, in seiner Geburtsstadt weil er dort seine Eltern besuchte. Ich hab mir die Stadt angeschaut. Wirklich schön, der römische Diana Tempel, die Kathedrale und besonders empfehlenswert ist die Knochenkapelle. Genauso gruselig wie unsere Affäre, mit dem kleinen Unterschied das diese Knochen nicht mehr lebendig waren.

Auf der Rückfahrt hielten wir etwas außerhalb, direkt an der Straße in einer Parkbucht an um ein wenig das Bedürfnis nach Berührung zu stillen. Nein, was denkt ihr – mehr als Küssen war es nicht, doch fast jedes Auto das vorbei vor, ergötzte sich in einem wahren Hupkonzert.

Man wird ja echt Ideenreich, wenn es darum geht und so erzählte er mir eines Tages, dass er ein Seminar in Lissabon mitmachen wird. Was das war, weiß ich nicht mehr und spielt auch keine Rolle. Super – ich arbeitete bei einem Reiseveranstalter und konnte ein Zimmer in einem Hotel zu einem äußerst günstigen Preis buchen. Die an der Rezeption wussten auch gleich Bescheid, dem Grinsen im Gesicht nach zu urteilen. Wir mussten unsere Ausweise beim Check in vorlegen und damals gab es das noch nicht, das Eheleute ihren eigenen Namen behalten. In Portugal schon gar nicht…..

In Lissabon kann ich euch den Park Eduardo VII und das Gewächshaus empfehlen, auch das Gulbekian Museum und Museum der Stadt Lissabon ist sehr interessant. Ich muss ja alles positiv sehen, so lernte ich die Stadt schon mal ein Stück besser kennen. Und wenn ich heute an das Hotel, den Park und die Museen denke, oder sogar dort bin, habe ich trotz allem eine überaus positive Erinnerung an dieses Wochenende. Für eine ganz ganz kurze Zeit war ich die Frau an seiner Seite. Und glücklich.

Auch wenn die dunkle Wolke der Trennung schon über uns schwebte.

Ganz besonders nachdem ich im Park Eduardo VII von einer mir wildfremden Frau, einer Zigeunerin, angesprochen wurde. Sie kam aus dem nichts direkt auf mich zu und sprach mich auf Portugiesisch an und sagt: „Ich will dir aus der Hand lesen"

Oh wow – etwas verwirrt lehnte ich erst ab, doch dann ließ ich mich doch dazu überreden. Wir setzten uns auf eine Bank und sie nahm meine rechte Hand.

Was genau sie mir alles erzählte weiß ich nicht mehr. Eines wird jedoch für ewig in meiner Erinnerung bleiben. Sie sah in meiner Hand, dass die Beziehung zu dem Mann kompliziert sei und das es in seinem Leben noch eine andere Frau gäbe, die noch in einem bestimmten Verhältnis zu ihm stehen würde und es dadurch viele Probleme geben würde.

Woher wusste sie das? Hatte sie uns am Hotel beobachtet? Wo ist sie hingegangen? Nachdem sie aufgestanden war blieb ich noch einen kurzen Moment sitzen. Als ich aufblickte war sie nicht mehr zu sehen.

Ich habe sie nie wieder gesehen.

Mit Joao hatte ich wirklich ein gutes Gefühl, er hat einen Satz angefangen und ich habe ihn beendet. Kennt ihr das? Es fühlt sich wirklich so an, als ob die Gehirnzellen miteinander verbunden sind.

Männer reden ja manchmal ohne sich dabei was zu denken und so hat er mir erzählt, wo seine Frau arbeitet. Sie arbeitete in einem Supermarkt. Von da an ging ich öfters dort einkaufen und lies mich von ihr bedienen. Es grenzt ja schon ein bisschen an Masochismus. Warum ich das getan habe? Ich weiß es nicht mehr. Vielleicht um etwas mehr aus seinem Leben zu erfahren. Ich bin sogar einmal, eines Abends zu seiner Wohnung gefahren und habe dort geklingelt. Vorher hatte ich mir natürlich überlegt, was ich sagen will wenn seine Frau die Tür auf macht. Naja, er machte selbst auf und guckte ganz schön erschrocken.

„Que tu queres aqui?",

was willst du hier, fragte er und trat in den Flur hinaus um ganz schnell die Tür hinter sich so weit wie möglich zuzuziehen ohne sich selbst auszuschließen.

„Ich wollte dich sehen"

sagte ich ihm und in dem Moment merkte ich selbst, dass ich mir mit dieser Aktion selbst den Abschuss verpasst habe. Er konnte oder wollte seine Ehefrau nicht allein lassen und frustriert fuhr ich wieder nach Hause und verkroch mich im Bett. Da war es kalt – temperaturmäßig und seelisch.

Danach wurden die Stunden in denen wir uns trafen weniger und auch meine Androhung entweder SIE oder ICH ließen ihn nicht gerade zucken. Das ist ja immer das Risiko bei solchen Verbindungen.

Unsere Treffen wurden weniger bzw. eingestellt und eines Tages erfuhr ich das er sich von seiner Frau getrennt hat und mit einer anderen zusammen gezogen ist.

Was daraus geworden ist, wie es ihm heute geht oder wo er jetzt lebt, weiß ich nicht.

Ich denke aber oft an meinen Panda.

1994 - 1996

Schuss 4

Die Portugiesen

Rui

Sternzeichen Jungfrau

Ich hatte Nachtdienst im Büro und Rui, den ich auf der Bowlingbahn kennen gelernt hatte und ein Restaurant in einem kleinem charmanten alten Fischerdorf besitzt, wusste das und wolte nur kurz Hallo sagen. Nach einem kurzen Smalltalk verabschiedete er sich schon wieder. Er musste ins Restaurant, seine Gäste warteten.

Die Tür des Büros war schon fast wieder zugefallen, als er noch mal einen Blick reinwarf und ganz trocken sagte: „Ich bin verheiratet und lasse mich nicht scheiden, aber wenn Du möchtest, besuche mich nachher an der Rezeption im Hotel, in dem ich ab Mitternacht arbeite."

Und ob ich wollte!

Da ich bereits das Vergnügen mit 2 verheirateten Männern hatte, kannte ich das ja schon. Amor hast Du eine kreative Auszeit genommen? 3x hintereinander der gleiche Affären Pfeil!

Was passiert eigentlich mit den Pfeilen nachdem sie ihr „Ziel" mehr oder weniger besser getroffen haben? Lösen die sich in Luft auf? Oder sind die einfach nur unsichtbar und wenn wir sie sehen könnten, würden wir Millionen von Pfeilen rumliegen sehen?

Wenn jemand stolpert ohne das was zu sehen ist und wir üblicherweise sagen, die Person ist über die eigenen Füße gestolpert, lag da vielleicht ein „Amorpfleil"?

Welche Farbe haben die Pfeile eigentlich?

Oooohhhh Amor ich habe so viele Fragen an Dich!

Die Stunden, die ich an diesem Abend im Büro verbringen musste bis der letzte Gast im Hotel abgesetzt wurde waren laaaaaaannnng. Doch dann endlich kam der erlösende Anruf des letzten Transferisten. „Alle in den Hotels, kannst Feierabend machen".

Da es auch schon nach Mitternacht war, packte ich ganz schnell meine Sachen, schaltete das Licht aus und schloss die Tür. Wisst ihr wie lange rund 5 Kilometer sein können?

Er war in dieser Nacht alleine an der Rezeption und nachdem es dort etwas ruhiger geworden war, landeten wir auf dem Sofa und auf dem Billardtisch in der Hotelbar. Dass ein Billardtisch einen Rand mit Absatz zum Spielfeld hat und ich da drauf lag, spürte ich nicht.

Ich kann bis heute nicht sagten ob in dieser Zeit (so lange wie unser erster Akt gedauert hat, das Zeitgefühl ist ja dabei komplett ausgeschaltet) ein Hotelgast die Rezeption oder Hotelbar betreten hat oder nicht. Oder ob auf dem Parkplatz, von dem man durch die großen Fenster wunderbar in die dezent beleuchtete Bar schauen konnte, Fahrzeuge vorbei fuhren oder Personen vorbei liefen und vielleicht sogar stehen blieben und sich amüsierten.

Ich war so geflasht, das ich nichts mehr mitbekommen habe und ich glaube er auch nicht. Zumindest er mir in einem späteren Gespräch darüber gesagt, dass es ihm genauso ging.

Wenn wir Pärchen damit eine erregende, sexuell erfolgreiche Nacht gegeben haben sollten kann ich nur sagen, dass mich das freut.

Von da an bin ich fast jede Woche in der Nacht vor meinem freien Tag zu ihm ins Hotel gefahren. Er begann seinen Dienst immer um Mitternacht und ich kam gegen 0.30 Uhr auf den Parkplatz. Dort habe ich erst mal (durch die großen Fenster) beobachtet wie es an der Rezeption aussah. In den Sommermonaten war um diese späte Uhrzeit meist noch ziemlich viel Betrieb. Gäste die vom späten Abendessen mit Baraufenthalt zurückkamen, Gäste die dann erst in diverse Discotheken ausgingen.

Oft musste er die von ihm zu erledigten Rezeptionsaufgaben noch fertig machen, bevor wir uns an einen stillen Ort zurückziehen konnten. Diese stillen Orte waren diverse, noch nicht gereinigte Apartments.

In denen, die in den oberen Etagen, liegen hat man echt einen traumhaft schönen Blick auf den Atlantik und den langen Sandstrand an dem das Fischerdorf liegt. Besonders bei Vollmond.

Das erste Mal in einem von welchen Menschen auch immer zuvor benutze Apartment hatte ich noch ein ungutes Gefühl. Wer hat in diesem Bett vorher gelegen? Was haben die hier vorher gemacht? Auch das Badezimmer zu benutzen war eine Überwindung. Die Lust auf ihn und mit ihm eigentlich verbotene Sachen zu machen war größer und letztendlich war es mir egal wer vorher in dem Bett gelegen hatte.

Bei ihm habe ich auch schon mal das „Time out" Zeichen gegeben. Er konnte trotz seines Orgasmus mit einem immer noch erigierten Glied weitermachen. Vielleicht lag es daran, dass sein Unterleib dahingehend umprogrammiert wurde, das ein Mann auch mit nur einem Hoden extrem potent sein kann.

Daher blieb es in den Nächten nicht bei einem Mal, nein 2-3x war es mindestens dass wir uns gegenseitig hingaben.

In der Zeit dazwischen lag ich in seinen Armen und kraulte seine Brust die mit sehr viel und vor allem langen Brusthaar versehen war.

Und es passierte nicht nur in den Hotelzimmern, auch hinter der Rezeption, auf dem Fußboden und wir hatten die Stellung, die mir mit keinem anderen Mann gelungen war. Wir konnten uns im stehen vereinigen und das ohne Wand oder sonstige Stütze. Wir stabten einfach so im Raum. Noch heute durchläuft mich ein sanftes Kribbeln im Unterleib wenn ich daran danke.

Ich glaub ich brauch Urlaub an der Algarve.

Die schönste Liebeserklärung in meinem Leben habe ich von ihm bekommen.

„Ich kann mir dir über Dinge reden, über die ich mit meiner Frau nicht reden kann"

Wie Wachs in seinen Händen bin ich dahin geschmolzen, denn ich wusste, er meint das ernst.

Einige Nächte verbrachten wir auch nur mit reden. Stundenlang über Gott und die Welt, auf Portugiesisch und Englisch, gerade so wie uns die Wörter und Sätze einfielen.

An einem Abend, es war schon spät, klopfte es an meiner Tür. Als ich öffnete fiel ich fast um, Rui stand da. Überrascht und zugleich erfreut war ich und er fragte ob er reinkommen darf. Natürlich, was für eine Frage. Es war das erste Mal das er mich besuchte.

Er setzte sich auf das Sofa.
„Eu nao tenho muito tempo" sagte er.

"Ich habe nicht viel Zeit, aber ich wollte es Dir selber sagen. Meine Frau ist schwanger, es war ein Unfall".

Warum hat er das getan? Mehr als 60 Kilometer zu mir zu fahren um mir das zu sagen. Wie viel wahre Liebe steckte in ihm?
Das dass damit definitiv seine früherer Aussage „Ich bin verheiratet und lasse mich nicht scheiden" mit steinhartem Beton untermauert wurde, könnt ihr euch liebe Leserinnen und Leser sicher vorstellen.

Aber eins ist mir damals schon klar geworden. Der Mann liebt mich. Amor, ganz so schief war dein Pfeil doch nicht, doch irgendwie in der falschen Zeitzone.

Wir sind immer noch befreundet und seine jüngste Tochter ist inzwischen auch schon volljährig. Wenn ich an der Algarve bin, gehe ich gerne in sein Restaurant zum Essen, das Essen ist einfach genial gut. Im Grunde aber kann ich froh sein, dass seine Frau nichts von uns mitbekommen hat, denn sie ist die Köchin

Ganze 2x haben wir es geschafft uns zu treffen ohne das wir Sex hatten. Es ist mir verdammt schwer gefallen Nein zu sagen. Seine Gegenwart genoss ich trotzdem und werde das auch immer tun.

3 der nachfolgenden Beziehungen, nachdem ich wieder in Deutschland ansässig war, hat er durch meine Restaurantbesuche bei ihm kennen gelernt. Mir war es wichtiger ihn zu sehen, als ihn mit meinen Partnern zu

verletzen. Dieses Recht, verletzt zu sein, könnte er sich auch nicht rausnehmen, denn schließlich war und ist **er** verheiratet.

Dadurch das ich portugiesisch sprechen gelernt hatte, konnte ich ihm und er mir auch in der Gegenwart meines Partners Sachen sagen wie „tenho saudade de ti" – ich habe Sehnsucht nach dir, ohne das es verstanden wurde.

Das letzte Mal als ich an der Algarve war, es war im Dezember über Weihnachten, hätte ich, weil ich auch einen Mietwagen hatte, die beste Gelegenheit ihn nachts im Hotel an der Rezeption zu besuchen. Das Restaurant ist im Winter geschlossen. Ich hab ihn nicht besucht, weil ich zu der Zeit Single war und wusste was passieren würde, wenn wir auch nur ein paar Minuten alleine verbringen würden. Bereut, dass ich nicht zu ihm gefahren bin, habe ich das schon. Und so saß ich am Flughafen 2 Stunden vor meinem Abflug in einer stillen Ecke, schrieb ihm eine Whatsapp und heulte eine Runde vor mich hin.

Ich war danach nochmal an der Algarve und zweimal in seinem Restaurant zum Essen. Dieses Mal konnte ich mich mit ihm für eine Stunde auf einem Parkplatz treffen. Er ist inzwischen Rentner und so wird es nie wieder eine Nacht in einem benutzten Apartment geben.

Ein paar zärtliche Küsse habe ich bekommen, mehr war nicht möglich. Schade….ich wäre bereit dazu gewesen.

Es war eine ganz besondere Beziehung und vielleicht in einem anderen Leben, zu einer anderen Zeit, an einem anderen Ort hatte einer der vielen Armor´s die richtige Paarung getroffen und wir haben beide etwas davon in unser jetziges Leben mit hinübergenommen.

    Lass mal grad ein paar Tränchen fließen…

# 1995 - 1999

# Schuss 5

# Der Beziehungsgeschädigte

# Frank

# Sternzeichen Waage

Lieber Amor, gibt es auch „Entliebungspfeile" ?
Hast Du vielleicht einen zweiten Köcher auf dem Rücken wo diese Pfeile drin sind? Der Schuss saß – aber mit voller Wucht. Bist Du ein bisschen sadistisch veranlagt und hast das dem Pfeil mitgegeben?

Ja, Ja, schnatter mal ruhig so vor dich hin. Das Gefühl, was dieser Pfeil bei mir ausgelöst hat ist grenzenlos giftig und ging mir durch Mark und Bein.

Gerade habe ich noch die schönsten, zärtlichsten Gefühle empfunden und lag ganz entspannt Haut an Haut in seinem linken Arm, roch seinen Duft und streichelte ihn sanft über die Brust als er sagte:

„Du, eigentlich will ich nicht mehr."
„Was willst du nicht mehr?" fragte ich verständnislos worauf er ganz trocken antworte: Eigentlich will ich diese Beziehung nicht mehr."

Danke Amor! Hätte der Entliebungspfeil nicht den Turbo einschalten und vorher treffen können? Oder hast Du ihn zu spät abgeschossen weil du die Zeit verpennt hast? Wohl ein kleines Nickerchen gemacht!

So schnell wie in dem Moment war ich, glaube ich, noch nie aus dem Bett gesprungen. Nachgefragt warum, wieso, weshalb habe ich in dem Moment nicht, sondern nur nackt in meinem Schlafzimmer vor dem Bett dagestanden und "RAUS!" gebrüllt. Nun wusste er nicht was ich meinte, ganz nach dem Motto: ich verstehe was du sagst, aber weiß nicht was du meinst.
Ich musste es ein paarmal wiederholen und ihm auch sagen, er solle aus meiner Wohnung verschwinden, aber ansonsten war ich sprachlos und bin es auch heute noch über diese Aktion von ihm Wie kann man(n) nur so radikal egoistisch sein? Erst mal schön poppen und dann die Beziehung beenden.

Er verließ dann ziemlich schnell meine Wohnung und ließ mich wütend, betröppelt, heulend und vor allem Verständnislos in meiner kleinen Wohnung zurück. Was war geschehen? Eben noch guten Sex gehabt und keine halbe Stunde später wieder Single. OOOOOOhhhhh was war ich wütend. Vielleicht auch ein wenig auf mich selber, denn ich habe in dieser Beziehung mehr interpretiert als es eigentlich war. Es war halt einfach zu schön, einen nicht verheirateten Mann, der auch noch verdammt gut aus sah und Geld hatte, kennen gelernt zu haben.

Dabei hatte es schon irgendwie romantisch angefangen. Amors Pfeil traf uns beim Bergfest, das die Filmcrew feierte als die Hälfte des Serienteils abgedreht und ich zu der Feier eingeladen war.

Ein paar Tage zuvor hat mich meine Freundin, die damals im Büro des Reiseveranstalters gearbeitet bei der wir beide angestellt waren, an meine Tür geklopft und gefragt:

„Hast Du morgen an deinem freien Tag schon etwas vor?"

Nein, nicht wirklich antwortete ich.

„Gut, kannst Du dann bitte mit zum Set kommen und bei der Übersetzung helfen?"

Sie konnte nicht an zwei Stellen gleichzeitig sein und natürlich war ich sehr neugierig wie es an einem Filmset so zu geht. Sie hatte mir vorher schon von ihrer Arbeit mit der Crew und dem Stars erzählt. Klar hab ich ihr zugesagt und so sind wir am nächsten Morgen in Richtung Lagos gefahren. Dort angekommen musste sie gleich weg zu dem Dreh und ich blieb mit dem Produktionsleiter zusammen. Das Filmteam brauchte ein technisches Gerät für eine Szene und wir versuchten gemeinsam irgendwo an der Algarve eine Firma zu finden, wo dieses Teil für einen Tag angemietet werden kann. Da es 1995 Google noch nicht gab erwies sich die Suche anhand von Telefonbüchern nicht einfach.

Am Ende des Tages hatten wir das Teil doch noch anmieten können und so bekam ich für die Unterstützung die Einladung zum Bergfest.

Und hier, lieber Amor hast Du eine wahres Wunderwerk vollbracht. Anstatt den Pfeil richtig anzusetzen und abzuschicken muss er dir beim Spannen zerbrochen sein und nur die Pfeilstückchen und wenn sie aus Holz sein sollten, die Späne erreichten uns. Aber sie hatten schon noch etwas der Zauberkraft die sie haben sollten.

Nicht nur das wir sehr viel an diesem Abend sehr viel geredet haben, interessierten mich die beiden berühmten Hauptdarsteller überhaupt nicht. Es gab auch bei der Verabschiedung den ersten Kuss und wir verabredeten uns für den nächsten Abend zum Essen. Ich glaube ich habe mich 5x umgezogen bis ich endgültig entschied was ich anziehen will.

Wir waren essen und zum Nachtisch gab´s Frank. An das Essen kann ich mich nicht erinnern aber an den Sex denn er stöhnte auf einmal so laut, dass ich dachte ich hätte ihm weh getan. Zu der Zeit hatte ich lange Fingernägel, die zwischendurch immer wieder Halt in seinem Rücken suchten. Erschrocken fragte ich naiver weise ob alles OK ist.
Das war es und beim nächsten Mal wusste ich was er mir damit mitteilen wollte. Puuuuhhhh…..

Am nächsten Tag ging es mir wirklich hundeelend, mir war übel, ich hatte Magenkrämpfe und Durchfall. Nie wieder werde ich einen Mann küssen der Zigarillos raucht.

Aber der Mensch ist ja ein Gewohnheitstier und so hatte sich mein Körper an das merkwürdige Kraut, das er rauchte, schneller gewöhnt als mir lieb war. Ein weiteres Treffen lief genauso ab, wie bei ersten Mal. Essen, Sex, stöhnen, Übelkeit.

Und schon waren die Drehtage vorbei und das Filmteam musste zurück nach Deutschland. Am Abend vorher telefonierte ich mit Frank und mehrmals sagte er

„Es wäre schön wenn Du jetzt hier wärst"

„Sag das noch einmal und ich setzte mich ins Auto und komme zu dir"

„Es wäre schön wenn Du jetzt hier wärst"

Kaum hatte er den Satz zu Ende gesagt war ich auf gestanden und zog die Schlabbershorts aus und eine richtige Hose an. Schnell war ebenso das T-Shirt gewechselt, die Schuhe angezogen, Tasche und Schlüssel geschnappt und zack war ich im Auto auf dem Weg zum 60 Kilometer entfernten Hotel in Lagos.

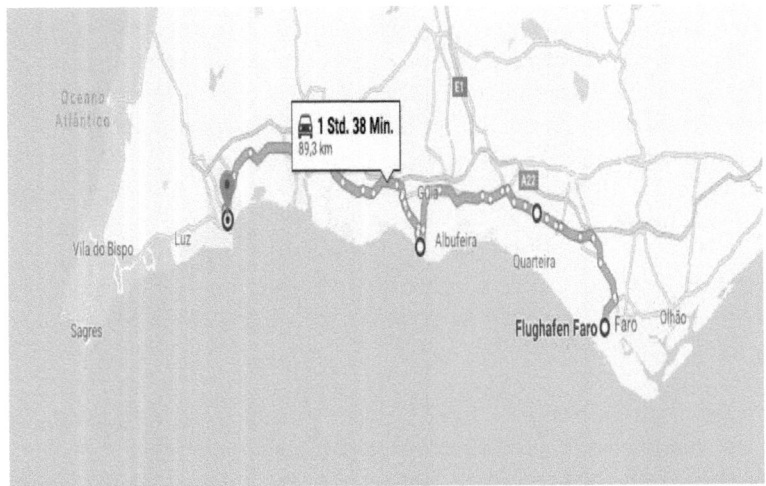

Frank hatte mir schon vorher am Telefon seine Zimmernummer verraten und so ging ich ganz selbstbewusst, grüßend an dem Nachtportier vorbei zum Aufzug.

Die Nacht war kurz und geschlafen haben wir nicht und wenn doch vielleicht 1 oder 2 Stunden. Gegen 5 Uhr morgens musste ich wieder nach Hause, mich in meine Reiseleiter-klamotten schmeißen und war um 7 Uhr am Flughafen Faro. Das Filmteam hatte einen Rückflug um 9 Uhr morgens. Ein paar der Mitarbeiter standen schon am Checkin.
Sie hatten wahnsinnig viel Gepäck dabei. Gut das über die Agentur schon vorher alles angemeldet war.

Er kam ein paar Minuten später mit seinem Gepäck an und die Verabschiedung fiel etwas zurückhaltend aus. Die gesamte Crew stand ja drum rum.

So und nun saß ich in Portugal, er in Hamburg, wir telefonierten und ich habe von ihm Briefe bekommen. Das waren Briefe – das glaubt ihr nicht. Liebesbriefe wie ich sie noch nie vorher von einem Mann erhalten habe.

Amor – hast Du dabei auch deine Finger im Spiel? Führst du die Feder? Wo sind diese Briefe eigentlich abgeblieben – muss mal meine Aufbewahrungsboxen durchsuchen und die nochmal lesen.
Wenn ich sie finde........

Das ganze hielt mich aber nicht davon ab, weiterhin regelmäßig zu Rui zu fahren. Erst bei ihm im Restaurant essen, dann etwas durch Ort mit seinen vielschichtigen Restaurants, Bars und Cafe´s spazieren und später in der Nacht zu ihm an die Rezeption und sobald es ging auf ein Zimmer. Nur von Papier und Tinte wird das sexuelle Bedürfnis ja nicht befriedigt. Außerdem lagen fast 3000 Kilometer zwischen uns und er hat es ja nicht mitbekommen. Ich wusste ja auch nicht ob Frank sich in dieser Zeit mit anderen Frauen getroffen hat. Obwohl, ne kann ich mir auch heute noch nicht bei ihm vorstellen.

Doch die Sehnsucht nach Frank und das Bedürfnis beruflich etwas zu ändern, ließ mich zu der Entscheidung kommen, nach Deutschland zurück zu kehren. Ich hatte die Möglichkeit bekommen für 5 Wochen zur Probe in dem Hamburger Büro zu arbeiten und konnte in dieser Zeit bei den Eltern einer Arbeitskollegin wohnen.
In dieser Zeit habe ich Frank nur ein paarmal getroffen und das hätte mir, Leber Amor eigentlich schon zu denken geben soll. Irgendwas stimmte wieder mit Deinem Schuss nicht. Aber ich glaube ja an das Gute im Menschen und die Hoffnung auf eine Beziehung mit diesem tollen Mann war größer als mein Verstand.

Werden durch Deine Pfeile auch der Verstand in den Stillstand gesetzt?

OK, vielleicht würde ich dann noch in Portugal leben und nicht in dieser wunderschönen Stadt, die auch das Tor zur Welt genannt wird.

Gesagt, getan, ich zog in die Nähe von Hamburg, in eine kleine Wohnung bei deren Suche Frank mir geholfen hat.
Mein Verstand setzte auch aus, wenn wir zusammen waren und ich verzweifelt überlegte was ich sagen soll. Das ist definitiv keine gute Ausgangslage für eine Beziehung. Naja und dann kam der Tag von dem ich am Anfang erzählte.

Nachdem ich ihm ein paar Tage nach dem Rausschmiss seine Sachen, unter anderem die geschenkte schwarze Satinbettwäsche, vor die Wohnungstür gestellt habe und ich seeeehr lange, fast 2 Jahre, damit verbrachte meine Wut in Griff zu bekommen, fing ich wieder an Bowling zu spielen, was mir half denn ich stellte mir sein Gesicht vorne auf den Pins vor.
In den 2 Jahren hatte ich überhaupt kein Bedürfnis einen Mann kennen zu lernen. Im Gegenteil, mir wurde übel bei der Vorstellung, dass mich ein Mann auch nur an der Hand oder sonst irgendwo anfasst.

Für mich war das eine seelische Vergewaltigung.

Die schwarze Satinbettwäsche vermisse ich aber noch heute.

1999 - 2000

Schuss 6

Der ewige Single

Uwe

Sternzeichen Stier

Fifty shades of grey hatte ich mit Uwe, lange bevor das Buch und der Film rauskamen.
Amor – hast Du deine Spielphase gehabt und hast die Pfeile abgezählt: trifft, trifft nicht, trifft, trifft nicht, trifft……

Da hast Du, Amor ganz schön lange gezählt. Oder sind dir die Pfeile ausgegangen und du musstest erst Nachschub besorgen?

Viele Monate nach dem ich ihn das erste Mal auf einer Sitzung im Bowlingclub sah, kamen wir uns bei einer Clubmeisterschaft näher. Und wieder musste ich Deine Arbeit, lieber Amor übernehmen und den ersten Schritt auf Uwe zugehen. Ich habe ihn gefragt ob er noch Lust auf einen Kaffee hat. Wer nicht ganz unerfahren ist, weiß dass in dem Fall Kaffee trinken etwas anderes bedeutet. Na irgendwie ging der Pfeil dann noch los und traf uns beide.
Wir fuhren nach dem Bowling zu mir in die Wohnung. Dort tranken wir tatsächlich zunächst einen Kaffee bevor wir im Bett landeten. Mitten im Akt sagte er zu mir, ich solle ihm in die Brustwarzen kneifen. Damit fing das softe SM-Erlebnis an.

Uwe lebte damals noch mit einer anderen Frau zusammen, war aber schon auf Wohnungssuche und fand auch ziemlich schnell eine kleine Dachgeschoßwohnung in einer Kreisstadt in Schleswig Holstein.

In dieser Wohnung sowie auch in meiner testeten wir so nach und nach diverse SM-Spielchen aus. Von auspeitschen mit einer aus Lederfransen selbst gebastelten Peitsche über Bondage, über Wäsche-klammern an den Brustwarzen bis hin zum Natursekt.
Musste ganz schön viel trinken und doch eine Hemmschwelle überwinden um es fließen zu lassen. Irgendwann klappte auch das und auf der extra dafür gekauften Lackdecke hatten wir echt Spaß und erregende Momente dabei.
Einzig allein das EMS, die elektrische Muskelstimulation, habe ich nicht mitgemacht.

Nach nur eineinhalb Jahren sagte er mir eines Tages, dass er doch nicht bereit ist eine Beziehung einzugehen.

Er hatte nicht mal den Mut mich dabei anzuschauen und stand an meinem Küchenfenster und blickte in den Innenhof.
Was habe ich falsch gemacht? Die Frage, die sich viele bei einer Trennung stellen, fragte ich mich auch und doch musste ich das erst einmal so akzeptieren. Auch wenn es sehr weh getan hat. Amor – war das Absicht oder hast Du ein Nickerchen gemacht?

### Gefangen

*Ich bin gefangen im Käfig der Gefühle*
*meine Gedanken umschwirren die Stäbe*
*sie suchen den Ausgang*
*doch den kennst nur du*
*du streichelst meinen Körper*
*ich erlebe das wie ein trockener Schwamm im Wasser*
*Meine Haut saugt es auf*
*Das Glück deiner Hände*
*Gestern war ich das nichts*
*Heute bin ich alles*

Wo bist Du?

Ich lache und ich weine
ich trauere und ich freue mich
in meinen Gedanken bist du bei mir
in der Realität bist du weit weg
deine Wärme umgibt mich
du lässt mich erkalten
ich spüre deinen Körper
ohne dich anzufassen
deine Seele ist bei mir
wo bist du?

2001-2003

Schuss 7

Der erste seelisch lädierte

Dietmar

Sternzeichen Wassermann

Das ist nicht der kürzeste Abschnitt, aber der mir am unangenehmste. Amor – gibt es Leiharbeiter oder Urlaubsvertretungen bei Euch? Oder warst Du, Amor, narkotisiert? So massiv in der Zeile verrutschen kann man(n) doch nur wenn man sie nicht richtig lesen kann. Brauchst Du vielleicht eine Brille?

Dafür hast du eine Medaille verdient!

Nach rund einem Jahr Singledasein wurdest Du, lieber Amor wieder geweckt. Was war der Auslöser? Wie kann man dich wecken? Willst Du es mir verraten, damit ich Dich das nächste Mal schlafen lasse.
Ich hatte meinen ersten PC, damals noch mit Modem. Ihr jungen Leserinnen und Leser lasst euch bitte von euren Eltern erklären was ein Modem ist.
So viele E-Mailanbieter gab es damals noch nicht und ich hatte ein Konto bei AOL. Damals musste man noch eine spezielle Software anhand einer CD installieren um ins Internet zu kommen. AOL hatte auch ein Chatportal mit verschiedenen Untergruppen und hier lernte ich Dietmar kennen. Zuerst haben wir uns nur über allgemeines unterhalten und irgendwann tauschten wir über den Chat die Telefonnummern aus uns es kamen auch Telefonate dazu.

Irgendwann fragte er im Chat ob ich ein Problem damit hätte, wenn er eine Behinderung hat. Nein, aber ich wurde schon neugierig und fragte was für eine Behinderung er hat. Er erzählte mir dann, dass er im Rollstuhl sitzt weil er eine Muskelerkrankung hat. Muskeldystrophie ist ein Funktionsverlust der Muskelkraft.

Nach mehreren Telefonaten kam der Wunsch auf uns persönlich kennen zu lernen. Wir verabredeten uns für einen Sonntagnachmittag und ich ließ mir viel Zeit bis ich losfuhr. Er wohnte ca. 80 Kilometer von mir entfernt und es gab nur eine Bundesstraße dorthin. Das zog sich ganz schön in die Länge, doch nach weit über einer Stunde Fahrt erreichte ich endlich das Haus in dem er wohnte. Wir verstanden uns gut und beim nächsten Besuch kam es auch zum ersten Kuss. Es dauerte nicht lange und ich blieb das erste Mal bei ihm über Nacht. Auch wenn er nicht mehr laufen konnte, die notwendigen Muskeln um Sex zu haben, funktionierten noch.

Seine Wohnung war in einem kleinen Dorf und da ist es in der Nacht stockdunkel. Ich wurde wach und habe mich in den Flur raus getastet, Licht angemacht und erleichtert festgestellt, dass ich nicht erblindet war.

Nach einigen Monaten suchten wir gemeinsam nach einer Wohnung und fanden ein Reihenhaus das in einem 5000 Tausend Einwohnerdorf zwischen Stade und Buxtehude lag und das einen ebenerdigen Eingang hatte. Dank eines zweiten Rollstuhls, der im ersten Stock stand, konnte er die Treppen wie ein kleines Kind auf dem Hintern hoch und runter und es war so für ihn auch in der oberen Etage möglich von einem Zimmer zum anderen, vor allem ins Schlaf- und Badezimmer zu gelangen.

Bein meinem Umzug half mir Uwe, zu dem ich zu der Zeit ein freundschaftliches Verhältnis hatte. Er hatte die Möglichkeit eine 7,5 Tonner anzumieten und als wir in dem Haus kurz alleine in der Küche waren gaben wir uns einen leidenschaftlichen Zungenkuss.

Auch wenn es für mich bedeutete täglich 150 Kilometer zu fahren um zur Arbeit und zurück zu kommen und dutzende Male im Stau vor dem Elbtunnel stand, habe ich mich in dem Haus sehr wohl gefühlt. In dem Dorf weniger, denn wenn man auf dem Land nicht im Landfrauen- oder Schützenverein oder bei der Feuerwehr tätig ist, ist man echt nicht angekommen. Auch hatte ich mich geweigert unseren Vermieter zu duzen und Alkohol zu trinken und das stößt bei der Landbevölkerung auf Ablehnung. OK, ich schweife ab – zurück zum eigentlichen Thema.

Wir waren zusammen im Urlaub in der Türkei und in Portugal. Dort lernte er meine Freundin Sandra kennen und sie mochte ihn nicht. Hatte sie damals schon einen siebten Sinn?
Um etwas Geld zu verdienen, trotzdem ich einen Vollzeitjob hatte, haben wir Briefmarken in Kisten aufgekauft und sie einzeln wieder verkauft. Darauf kamen wir durch seine Leidenschaft Briefmarken zu sammeln und das damals große Angebot von Privatverkäufern in der großen elektronischen Bucht. Auch war das die Zeit wo die DVD´s noch nicht in großer Menge angeboten wurde. Die DVD-Ecke in einem großen Elektronikmarkt war damals kleiner als die Zahnbürstenabteilung.

Also meldete ich ein Gewerbe an, er durfte das nicht, und wir haben DVD´s über Großhändler für wenig Geld eingekauft und auf Märkten und Stadtfesten einen Stand aufgebaut und dort mit einer hohen Marge verkauft. Und es war nicht wenig was wir damit eingenommen haben. Fast schien es als könnten wir uns damit ein gutes zweites Standbein aufbauen. Da Dietmar schon in der Erwerbsunfähigkeitsrente war, liefen die Geschäfte und Bankverbindungen über mich.

Er spielte Billard in einer Liga und war Landessportwart, der die Ergebnisse immer auf Disketten speicherte. Eines Tages bat er mich auf dem Rückweg bei einem großen Elektromarkt vorbei zu fahren und Disketten mit zu bringen. Er hätte keine mehr. Obwohl er ein Auto hatte, durch einen behindertengerechten Umbau auch fahren konnte und den ganzen Tag zu Hause saß und die Bude vollqualmte, tat ich ihm den Gefallen und fuhr nach Feierabend noch Disketten kaufen.

An dem Abend war er im Training und ich, skeptisch wie ich war, durchsuchte seinen Schreibtisch und fand mehrere Schachteln mit Disketten. Als ich die erste überprüfte, weil ich wissen wollte was darauf war, sah ich Bilder die ich nie wieder in meinem Leben sehen möchte. Nach drei Bildern wechselte ich die Diskette und auch hier das gleiche. In der dritten Schachtel wieder das gleiche.Und hierfür hast Du, Amor, dir die Medaille oder eher die goldene Himbeere verdient.
Wenn es nach mir ginge hätte ich dich damals lieber dahin geschickt wo der Pfeffer wächst.

    Das war Deine absolute „Glanzleistung"
    **sarkasmusan**

Also schnappte ich mir die Schachteln und fuhr zur nächsten Polizeistation nach Stade. Dort bat ich die Polizisten sich die Disketten anzuschauen, ich hatte den Verdacht auf Kinderpornographie. Nach einer langen Wartezeit kam einer der Polizisten wieder auf mich zu und bestätigte den Verdacht.
Sie fuhren mit mir nach Hause und durchsuchten das ganze Haus, konfiszierten seinen PC und alle vorhanden Disketten und CD´s.

Als Dietmar vom Training zurückkam, sprach ich ihn darauf an und er leugnete alles. Er verdächtigte seinen besten Freund aber verstrickte sich immer mehr in seinen Lügen so dass er letztendlich zugab, dass er die Kinderpornos aus dem Internet runtergeladen hatte.

Wufff... das wars.

Schneller kann man sich nicht entlieben. Konnte ich meine Gefühle so einfach beiseiteschieben? Hätte er betrunken einen Menschen überfahren, wäre das entschuldbar und verzeihbar? Nach ein paar Tagen überlegen kam ich zu dem Schluss, dass die Sache mit den Kinderpornos weder entschuldbar noch verzeihbar war und ich so schnell wie möglich aus dem Haus raus wollte. Leider konnte ich mir keine zwei Monatsmieten leisten und so war ich gezwungen die 3 Monate bis ich in meine neue Wohnung in Hamburg einziehen konnte, in dem Haus zu bleiben.

Dietmar versuchte es in der Zeit mit Psycho Terror und für mich war es tagtäglich ein Horrortrip nach Hause. In einem Streit habe ich ihn an das Schienbein getreten, was mich 200 Euro Schmerzensgeld gekostet hat. Sein Verfahren wegen Speicherung kinderpornographischer Dateien wurde gegen eine Geldstrafe von 500 Euro eingestellt. Wo ist die Relation?

Alles in allem, mit der Gerichtsverhandlung wegen meiner Kaution, die ich nur zur Hälfte zurück bekommen habe, weiß ich bis heute noch nicht ob ich Lehrgeld oder Leergeld bezahlt habe.

Danke Amor!

Irgendwas Gutes musste dieser Abschnitt in meinem Leben ja haben. Noch heute beschäftige ich mich beruflich mit dem Thema Barrierefreies Reisen und kann vielen Rollstuhlfahrern einen sorgenfreien Urlaub ermöglichen.

2003 - 2007

2. Schuss von Schuss 6

Der ewige Single

Uwe

Sternzeichen Stier

Und wieder half mir Uwe bei dem Auszug bei Dietmar mit einem angemieteten LKW.

Zuerst trafen wir uns als Freunde, mit gelegentlichem Kontakt wie Telefonate, SMS oder E-Mails. Auch trafen wir uns mal zum Essen. Ich weiß nicht mehr wann, doch irgendwann begannen wir wieder unsere Sexspielchen und ich genoss es sehr. Meine Liebe zum ihm war unverändert aber es war so eine Beziehung, die ihr liebe Leserinnen und Leser vielleicht sogar kennt. Es geht nicht ohne und es geht auch nicht mit. Aber wir versuchten es.

Nicht jedes Wochenende verbrachten wir gemeinsam, abwechselnd bei mir oder bei ihm, aber das war auch gut so. Manchmal muss mal auch „Luft schnappen" können. In den gemeinsamen Urlaubsreisen war ich immer seine Frau und stolz diesen Mann mit dem langen weißen Bart, dem wunderschönen Glatzkopf und der schwarzen Sonnenbrille an meiner Seite zu haben.
Einige sagten auch, wenn sie ihn zum ersten Mal sahen – ohha – ZZ Top lebt.
Eines Tages machte er den ersten Schritt und sagte mir, dass er mich liebt. Wie, das lest ihr später.

Und so vergingen die Tage in denen wir mehrmals in der Woche telefonierten, uns am Wochenende sahen, gemeinsamen Urlauben, treffen mit Freunden und immer wieder Liebesbekundungen. Eine Beziehung wie so viele die nicht zusammen leben.

2006 stand er mir bei als ich die Entscheidung getroffen hatte einen Neuwagen zu kaufen – mein Traum! Endlich ein Cabrio! Der kleine Löwe mit dem Stahldach ist immer noch in meinem Besitz und hat schon von Anfang an den Namen meines damaligen Katers bekommen. Moritz, der 2.

Dieser wunderbare Kater verstarb kurz nachdem ich das Auto gekauft hatte. Uwe und ich streichelten ihn, auf meinem Bett liegend, als er seinen letzten Atemzug tat. Wieder hatten wir ein gemeinsames Erlebnis, dass uns keiner nehmen kann.

Amor – das war schön, doch wie hast Du es geschafft, das wir zum zweiten Mal an dem Punkt angelangt waren, dass wir uns in die Enge gedrückt fühlten. Ich wollte mehr – er wollte weniger und so kam es wieder zu einer Trennung. Da ich jedoch diesen Mann nicht aufgeben wollte und Du lieber Amor keine große Hilfe warst, musste ich selbst handeln und am 17.12.2006 schrieb ich ihm eine E-Mail. Was? Du kannst dich an den Inhalt nicht erinnern? Na dann muss ich Dir wieder mal auf die Sprünge helfen.

*Hallo Uwe,*

*am 19. Dezember vor 2 Jahren hast du mir zu ersten Mal gesagt dass du mich liebst. Ich hätte mir damals fast in den Finger geschnitten. Falls du dich erinnern kannst war ich gerade dabei Essen für uns zu machen. Meine Reaktion war denke, ich sehr verhalten weil ich es einerseits nicht glauben wollte, andererseits ging der innere Luftsprung bis an die Decke. Es hat mir sehr sehr viel bedeutet und ich habe dir geglaubt. Auch hast du ja danach immer wieder zu mir gesagt und in E-Mails geschrieben „ich liebe dich" und auch wenn du tot müde oder angetrunken warst hast du es immer vor dich hingemurmelt. Bis vor kurzem war ich mir deiner Liebe auch ziemlich sicher. Doch dies hat sich wieder einmal als Trugschluss rausgestellt.*

*Es tut mir sehr weh dich nicht mehr zu hören, zu sehen, zu riechen und zu schmecken. Wieder einmal von einem Mann enttäuscht. Ich will dich hier nicht mit Selbstmitleid belasten, dein Reaktion, besser gesagt dein Nichtreagieren zeigt mir das du es wahrscheinlich nie wirklich ernst gemeint hast. Wenn Du mich wirklich lieben würdest hättest Du dich schon längst bei mir gemeldet. Dein Stolz und Egoismus muss sehr groß sein.*

*Vielleicht bist Du ja froh mich los zu sein. Meine Liebe zu dir war glaube ich schon immer stärker und damit kommst Du nicht klar. Du weißt nicht das lieben mehr bedeutet als nur zu sagen ich liebe dich.*
*Liebe ist etwas, das jeder sagen, aber nicht jeder zeigen kann. Und Du gehörst definitiv zu der Kategorie die es nicht zeigen können.*

*Waren die Gespräche über das auswandern nur so dahin gesagt? Die Gedanken eine Wohnung in der Türkei zu mieten oder zu kaufen nur Träumereien? Für mich nicht! Ich hatte immer wieder mal mit einem türkischen Kollegen über seine Wohnungen gesprochen die er gebaut hat* und wir hätten eine zur Miete oder zum Kauf bekommen. Ich habe es dir nie erzählt um dich nicht, wie Du so schön mal gesagt hast, in die Enge zu treiben. Ich habe dir, aus Eigennutz, sozusagen die lange Leine gelassen. Die Erfahrung, die ich mit dir bei der ersten Trennung gemacht hatte, hat mich sehr vorsichtig werden lassen.

Ich denke Du hast Panik davor von einer Frau so geliebt zu werden wie Du nun mal bist. Denke einmal darüber nach, ich habe nie etwas von Dir verlangt! Ich habe Deine Entscheidungen ob, wann und wo wir uns sehen fast immer akzeptiert. Vielleicht war das ein Fehler, aber ich wollte Dich nicht noch einmal verlieren. Nun habe ich Dich dadurch doch verloren.

Ich vermisse Dich sehr. Es vergeht kein Tag an dem ich nicht an Dich denke. Nachts wenn ich zur Toilette muss und es ist 4 oder 5 Uhr morgens, morgens beim aufstehen, tagsüber bei jedem Anruf bei dem ich nur „Amt" auf dem Display sehe und nicht weiß wer anruft. Besonders schlimm ist es wenn die Anrufe nach 16 Uhr kommen. Abends zu Hause der enttäuschende Blick auf den nicht blinkenden Anrufbeantworter. Und wenn er doch blinkt war es kein Anruf von Dir. Mein Traumschloss ist wieder mal eingestürzt. Du bist durch Bilder und Gegenstände wie zum Beispiel die Pflanze, die Kerze im Algarvesand und die von Dir erstellten CD´s immer noch gegenwärtig in meiner Wohnung.

Ich habe das im Internet gefunden:

Mit dem Fisch kommt ein Stier gut aus. Der kleine Harlekin an seiner Seite fasziniert ihn einfach, obwohl er seine Eskapaden nicht immer verstehen kann.
Und der Fisch hat eine starke Schulter zum Anlehnen und seinen sicheren Hafen gefunden, wo er ab und zu die Anker ohne Probleme lösen kann, um sich mal kurz draußen im Menschenozean umzuschauen. Immer wieder wird er zurückkehren, weil er jetzt weiß, wo er hingehört. Und der Stier lauscht mit Faszination, welche Erkenntnisse der Fisch von seiner Reise zurückgebracht hat. Also hat er wiederum das Abenteuer zu Hause und ist's zufrieden.
Das ist so eine liebevolle Verbindung, dass man mehr dazu nicht sagen braucht. Dem Stier sei allerdings angeraten, dem Fisch nicht immer seinen Willen zu lassen. Besonders falls dem Fisch mal
langweilig wird, droht die Gefahr, dass er sich auf zu neuen Ufern macht und seinen Heimathafen vergisst.
Dann ist es wichtig, dass der Stier sich trotz aller Bequemlichkeit in das übriggebliebene Ruderboot setzt und mit aller Kraft seinen Fisch zurück nach Hause holt!

*Aber das interessiert Dich ja nicht. In Deinem Kosmos gibt es einfach keinen Platz für mich. Ich muss es akzeptieren, verstehen werde ich es nie. Als ich am 7.11. bei dir raus bin und Du sagtest „Tschüss Selma" wusste ich sofort dass das die letzten Worte sind die ich von Dir hören werde. Ich höre sie immer noch.*
*Man sagt die Zeit heilt alle Wunden – bei mir ist es eine sehr tiefe Wunde die lange braucht bis sie verheilt ist.*

*Im April hast Du mir geschrieben dass Du unzufrieden mit dir selbst bist und an Deinem Leben etwas ändern möchtest. Nun hast Du die Gelegenheit dazu. Ich steh Dir nicht mehr im Weg. Jetzt kannst Du tun was Du willst und brauchst auf keinen mehr Rücksicht zu nehmen. Du entscheidest dich für den Alleingang.*

*Ich musste Dir das alles noch mal schreiben, was Du jetzt mit dem Brief machst ist egal. Verbrenne ihn oder zerreiß ihn.*

*Es waren trotz allem 3 schöne Jahre*

*Selma*

Seine Antwort kam 2 Tage später per E-Mail:

Hallo Selma,

wohl alles nur ein Irrtum?????

Als Du am 7.11 bei mir rein bist und auch ziemlich schnell (mit Schlüssel) wieder raus warst war ich schon ziemlich verdattert, hab mir aber keine Sorgen gemacht und auch manchmal Deine Überreaktionen kenne (wenn Du mal in Fahrt bist). Ich wusste ja was drin ist..die Patronen....als ich 2 Tage später den Karton ausräumen wollte sah ich das mein kleiner persönlicher Krimskrams dabei war.

Ich bin kein großer Rechner aber Schlüssel wiederverlangen und mir meinen Krams wiederbringen, dass kann sich wohl jeder Idiot ausrechnen was das zu bedeuten hat.

Nein!!!!!! Ich bin nicht froh Dich los zu sein, im Gegenteil es schmerzt mich sehr, zu sehr sogar...

Ich schlafe schlecht, habe Magenprobleme, bin nicht bei der Sache, fühl mich schlapp und krank, gehe sehr früh schlafen um mich nicht weiter an negativen Gedanken zu quälen. Ich gucke auch nachts, wenn ich nur pinkeln muss nach einer Mail von Dir...nix... und wenn mal ne Mail da ist hab ich Angst sie zu öffnen. Bei Anrufen geht es mir genauso... klar freu ich mich wenn Du anrufen oder schreiben würdest... weiß bloß nicht wie ich reagiere ob Cool oder freundlich.

Ich habe sogar einige Tage ne Auszeit genommen weil ich vor Gedanken an Dich nicht wusste ob ich bei Rot oder Grün über die Ampel gefahren bin....

Mein Stolz: Ja den habe ich ..manchmal viel zu viel davon.

Mein Egoismus: Ist sehr stark...habe es nicht mitbekommen Arbeit und Dich auf die Reihe zubekommen (zu trennen)

Habe mit Kopf, Geist, Tricks, Intergrantetum und viel persönlichem Einsatz nun endlich geschafft, dass der Sonderwagen jetzt fest existiert....... dafür entschuldige ich mich bei dir (für meine Stärke und die Pein die Du auch mitbekommen musstest).

*Verloren: nein ganz bestimmt nicht!!!! bin aber nicht Flex der Biegsame, ich liebe Dich und will unsere Beziehung weiterführen ((möglichst ungebogen)) (jetzt hab ich es schon wieder geschrieben) und noch nicht wieder getan.*

*Zukunft: Ja möchte ich mit Dir haben!!!! Versteh doch mal bitte....ich bin ein Mann kurz vor 50 Jahre ich erlebe jeden Tag ne kleine Krise.. ist wohl so ...manchmal habe ich Gedanken das ich den nächsten Tag wohl nicht mehr aufwachen werde...*

*Weiß der Teufel warum... oder das ich nen Schlaganfall bekomme oder einfach auf der Straße umkippe... das sind keine schönen Gedanken.... verstehst Du mich auch mal???? Selbst wenn ich alle Umstände ändere ... es bleibt beim gleichen.*

*Verstehen: Wer versteht mich?*

*Ich habe Ängste... jede Menge...wie schon in "Zukunft geschrieben "Angst vorm Sterben (nicht vor dem Tod), Angst vorm Ja sagen, Angst manchmal vor mir selbst..*

*Kosmos: ich ENTSCHEIDE IM ALLEINgang... ja da hast Du recht Selma... jeder entscheidet für sich allein.. ich hoffe das Du noch nicht entschieden hast was mich betrifft und hoffe.........auf weiterhin auf Deine Liebe*

*So Selma...das alles zur Erklärung...ich will Dich !!!!*

*Love : Uwe*

Trotz dieser Offenheit hat er sich für den Alleingang entschieden und ich….heulte und wartete. Erzwingen konnte ich nix.

Und wieder war ich Single und nach einigen Monaten wieder auf der Suche nach dem Traummann……

# 2007 - 2008

# Schuss 8

# Orientalisches Abenteuer

# Cem

# Sternzeichen Fische

URLAUB! Amor, wir fahren in den Urlaub. Kommst Du mit? Eigentlich eine blöde Frage, denn Du hängst mir an der Backe wie ein lästiges Hexenhaar das immer wieder kommt.

Es war im September, die Wassertemperatur war erfrischend und die Sonne heizte die Luft sehr heiß auf, genauso heiß wie die Flirts einer damaligen Freundin mit dem Gästemanager in der Ferienanlage, mit der ich mir ein Zimmer teilte.

Wir hatten uns für eine Ferienanlage an der Lykischen Küste entschieden und genossen das gute Essen, den Pool und den Strand und die Cocktails am Abend in der Bar.

Beide waren wir zu der Zeit Singles und eigentlich nicht wirklich auf der Suche nach einem Mann.

Von dem Gästemanager bekamen wir sehr viel Zuwendung und wenn es ihm möglich war, kam er immer zu uns, ums sich mit uns zu unterhalten.
Er war gebürtiger Türke, aber in Nürnberg aufgewachsen und sprach sehr gut Deutsch mit dem rollenden „r" der Oberfranken.

Erst am Ende des Urlaubs gestand er, dass er eigentlich mich interessanter fand und so sagte er mir, dass ich von Deutschland aus mit ihm über ein Chatportal in Verbindung treten kann. Was ich auch tat.

Kurze Zeit nach meinem Urlaub erfuhr ich, immer noch in der Touristik bei einem Reiseveranstalter arbeitend, dass ich im Oktober auf eine Inforeise mitfahren soll. Bei diesen Reisen besichtigen Reisebüro-mitarbeiter diverse Hotels und auf dem Besichtigungsplan stand die Region Antalya, die Lykische Küste und Bodrum.

Amor, hast Du im Urlaub einen Bauchtanz-kurz absolviert?

Das sieht ja schon ziemlich lächerlich aus, mit deiner Pluderhose hüftschwingend nach der orientalischen Musik zu tanzen. Dabei ist dir wohl schwindlig geworden und du hast die Zeilen auf deiner Liste doppelt gesehen. Und schon wieder daneben-geschossen.

Der Tag, an dem der Flug in die Türkei stattfand, kam und wir verbrachten die ersten Tage an der türkischen Riviera. Gefühlt dauerte es dann doch ewig, bis wir von Antalya aus weiter mit einem Bus an die Lykische Küste fuhren. Untergebracht für einen Tag und eine Nacht waren wir in der Ferienanlage, wo ich zuvor im Urlaub war.

Am Abend fuhren wir alle mit einem Boot auf eine vorgelagerte Insel, auf der sich ein Restaurant befand. Cem begleitete uns, und wir saßen dort nebeneinander. Als ich nach der Toilette fragte, sagte er, er komme mit. Die Toilette war hinter dem Haus und er wartete vor der Tür. Als ich wieder rauskam, stand er im Türrahmen, nahm mich in den Arm und küsste mich sehr leidenschaftlich. Wie lange diese Knutscherei dauerte kann ich nicht sagen, erregt hat es uns beide und als wir wieder an den Tisch, wo ungefähr 20 Personen saßen, dachte ich, die merken was und wissen alle Bescheid. Ist natürlich nur Einbildung.

Zurück in der Anlage ging es noch in den naheliegenden Ort, in seine Altstadt mit wunderschönen kleinen Gassen und alten Häusern auf einen Drink in eine Bar. Es war eine kurze Nacht für mich, denn zurück in der Anlage angekommen, kam er noch mit auf mein Zimmer. Natürlich erst, nachdem ihn keiner mehr sehen konnte.
Bei der Verabschiedung am nächsten Tag mit einer Umarmung spürte ich noch seinen Unterleib und hatte auf der Weiterfahrt ziemlich feuchte Träume.

Von da an, Ende Oktober bis Ende Januar haben wir über das Chatportal fast täglich gesprochen. Ab und zu funktionierte auch die Videoübertragung. Damals war die Verbindung allerdings nicht so gut und die Leitung brach immer wieder mal zusammen.

Im Dezember flog ich für ein paar Tage nach Antalya und wir trafen uns dort in einem kleinen Hotel in der Altstadt. Es waren schöne Tage. Extra für ihn hatte ich mir eine schwarze Lackcorsage gekauft und auch eines Abends angezogen. Er fand das seeeehhhrrrr erregend und ich genoss seine Erregung.

Ein Heiratsantrag! Ich hab einen Heiratsantrag bekommen! Amor wie hast Du das hinbekommen? Auch wenn nur per Videoübertragung in einem Chatportal, aber ich habe JA gesagt!

Wir sprachen dann darüber ob wir in Deutschland oder in der Türkei heiraten wollen und auch wo wir leben würden. Zu der Zeit konnte ich mir schon vorstellen, in der Türkei zu leben.

Es war Januar geworden und wir wollten uns in Istanbul treffen. Doch zuvor traf ich mich mit Uwe. Wir hatten wiedermal ein freundschaftliches Verhältnis und ich wollte ihm einfach nur sagen, dass ich einen Heiratsantrag angenommen habe und eventuell in die Türkei ziehe.

Ein paar Tage später bat er mich um ein Gespräch und das lest ihr liebe Leserinnen und Leser im nächsten Kapitel.

Kurz bevor ich nach Istanbul flog, hörte ich das Lied „Bin heute Abend bei dir" von Roger Cicero und kaufte mir die CD. Auf dem 3 stündigen

Flug nach Istanbul hörte ich nur dieses Lied. Hört euch den Song mal an oder lest mal den Text......

Cem war schon im Hotel und wir verbrachten die Tage nicht nur im Zimmer sondern gingen auch viel in dem verschneiten Istanbul spazieren. Schnee in Istanbul ist schon eine Seltenheit. Viele Türken kennen keinen Schnee.

Bei einem dieser Spaziergänge erzählte Cem mir, dass er geträumt hat. Er hat von einem gefüllten Portemonnaie geträumt und irgendwie dachte ich, er hat mir als goldene Gans geträumt, die er ausnehmen kann. Dieses Gefühl hatte ich schon ein paar Tage vorher bekommen. Klar, die Verdienstmöglichkeiten sind in der Türkei nicht sehr hoch und für mich wäre es selbstverständlich meinen Partner zu unterstützen, doch hier fühlte ich mich ausgenutzt und habe meine Entscheidung, ihn zu heiraten noch mal lange überdacht.

Eigentlich stand meine Entscheidung schon als ich ihn ganz lange umarmte bevor ich zum Flughafen musste. Ich habe mich nicht getraut ihm das persönlich zu sagen und so schrieb ich ihm einen Brief, in dem ich ihm sagte, dass ich ihn nicht heiraten werde.

Entschuldigung Cem, dass mir ein anderer Mann bevor ich abflog, seine Liebe gestand, worauf ich schon lange gewartet hatte.

    Amor - kannst Du eigentlich in die Zukunft schauen?

# 2008 - 2013

# 3. Schuss von Schuss 6

# Der ewige Single

# Uwe
# Sternzeichen Stier

Amor – Bist aufgewacht….? Meinst Du, du musst dich nicht mal wieder an Deine eigentlichen Aufgaben machen?

Mit Uwe hatte ich Anfang 2008 wieder lockeren Kontakt und traf mich mit ihm zum Essen da ich ihm mitteilen wollte, dass ich einen Heiratsantrag bekam und JA gesagt habe.

Da ich inzwischen wieder in Hamburg lebte, trafen wir uns zunächst bei mir uns sind zu einem Restaurant in meiner Nähe hingelaufen.
Nach dem Essen gestand ich ihm, warum ich mich mit ihm treffen wollte.

Schawufffff – die Keule saß. Ob ich das absichtlich gemacht habe? Ein bisschen Absicht war schon dabei. Vielleicht wollte ich ihn verletzen, so wie er mich verletzt hat mit seinem egoistischen „ich geh meinen Weg". Vielleicht wollte ich ihm damit auch zeigen, dass es auch noch andere Männer gibt, die ihr Leben mit mir verbringen möchten.

Im ersten Moment war er schon sprachlos, doch er fragte dann auch wann, wo, wie ich den Türken kennen gelernt habe.
Auf dem Rückweg zu meiner Wohnung fragte er mich, ob ich mir das wirklich gut überlegt habe. Allein schon die Kulturellen Unterschiede und wo ich dann wohne wolle.

„Das weiß ich noch nicht. Die Türkei als Wohnort kann ich mir schon vorstellen" antwortete ich ihm.

Mmmmhhh….ein nachdenkliches „Das würde ich nicht machen" ,

sein schockierter und auch trauriger Blick entging mir nicht.

Ein paar Tage später rief er mich an und fragte ob wir uns treffen können, er möchte mir reden. Neugierig wie ich bin sagte ich zu und wir trafen uns am nächsten Tag in einem Restaurant. Er war schon da als ich ankam. Wie lange Uwe dort schon gesessen hat damit er auf jeden Fall vor mir da ist, weiß ich nicht. Vermute aber dass er bestimmt eine halbe Stunde vor der vereinbarten Uhrzeit schon da war.

Nachdem wir belanglose Konservation betrieben hatten und lecker gegessen fragte er mich, ob ich denn nicht wissen wolle warum er mit mir reden will.

„Doch, aber Du wolltest das Gespräch, also musst du auch anfangen." sagte ich zu Uwe.

Er griff unter den Tisch und zauberte einen wunderschönen Blumenstrauß hervor. Jetzt wusste ich warum er schon früher da war!!

Uwe nahm wahrscheinlich seinen ganzen Mut zusammen, atmete tief ein und sagte:
„Lass es uns bitte versuchen, ich will mit dir leben. Ich will dich nicht verlieren. Du bist mir sehr wichtig, ich brauche und liebe Dich"

Hätte ich nicht auf dem Stuhl gesessen wäre ich umgekippt. Das war ja fast ein Heiratsantrag!

Keine Frau sagt nach so einer Beziehungsvergangenheit gleich JA. In meinem Kopf überschlugen sich die Gedanken. War das alles wahr oder träume ich das jetzt nur? Es war wahr, doch ich konnte das nicht sofort eingestehen und fragte ihn wie er sich das vorstelle. Nachdem wir noch eine Zeit lang darüber gesprochen haben bat ich ihn Bedenkzeit.

Natürlich brauchte ich die nicht wirklich. Ich war am Ziel meiner Träume angekommen – mit Uwe ein gemeinsames Leben führen und glücklich sein.

Ein paar Tage später habe ich ihn angerufen und ihm gesagt, dass ich mich für ihn entschieden habe. Mein Vorschlag, er zieht für eine Weile zu mir und wir machen ein „Probewohnen".

In den 3 Monaten, in denen er dann bei mir lebte waren wir auch auf der Suche nach einer größeren Wohnung und fanden ein Reihenhaus zur Miete. In das zogen wir immer noch und wieder frisch verliebt ein und wurde spießig.

Reihenhaus, Garten, Grillpartys, Pauschalreisen mit Freunden.

So vergingen 4 Jahre, bis er anfing sich zu verändern. Er hatte an nichts mehr Interesse und lag nur noch auf dem Sofa. Nach der Arbeit und am Wochenende. Getrunken hat er schon immer gerne und letztendlich nannte ich ihn einen „kontrollierten Alkoholiker". Wenn er am nächsten Tag arbeiten musste, trank er nicht aber wehe er hatte frei – dann hörte ich schon am Telefon beim ersten Satz ob er betrunken war. Oft habe ich auf meinem Nachhauseweg angerufen um zu fragen ob ich noch was mitbringen soll.

Ihr könnt euch sicher vorstellen wie begeistert ich war. Meistens hatte er sich, wir hatten unterschiedliche Arbeitszeiten, wenn er nachmittags nach Hause kann, etwas zu essen gemacht.

Als ich Ina Müller´s Song "Wenn Thomas kocht" zum ersten Mal auf der kurz zuvor gekauften CD hörte, habe ich Tränen gelacht und konnte mich gar nicht mehr beruhigen. Hat sie ihn vielleicht mal kennen gelernt? Nein, bestimmt nicht, aber das war schon ein genialer Zufall.

Anfang 2013 verbrachte ich meinen 50. Geburtstag allein an der Ostsee weil er nicht mitkommen wollte. In den 3 Tagen kam ich zu dem Entschluss, dass ich mit einem Interessenlosen, Lustlosen, über alles meckerten Mann nicht weiter zusammen leben will.

Kurz gesagt – ich bin im April ausgezogen, Anfang Mai meine letzten Sachen geholt und habe ihn da zum letzten Mal gesehen.

3 Monate später erfuhr ich von einer Freundin, dass er in seiner Heimatstadt im Krankenhaus liegt. Krebs Endstadium, er hätte noch 6 Monate zu leben.

Bis heute bereue ich sehr, ihn nicht mehr angerufen zu haben oder hingefahren zu sein. 4 Tage später war er gestorben.

Noch heute weine ich um ihn

## Kuss

Dein Kuss, ich erlebe ihn heiß
wie Feuer auf meinen Lippen
er brennt in meiner Seele
und lässt mein Herz gefrieren
Meine Wut auf deine Kälte
ist meine körperliche Erwärmung
sehnsüchtig warte ich auf deinen nächsten
und möchte ihn doch auch gleichzeitig abstoßen
war der letzte erst gestern
oder ist schon ein Monat vergangen
Küsse, zärtlich und liebevoll
möchte ich dir geben
in meinen Gedanken

# 2014 - 2019

# Schuss 9

## Der zweite Seelisch lädierte

## Robert

## Sternzeichen Skorpion

**Στην υγειά σου!** Prost Amor, das war ein Ouzo zu viel den Du dir in dem griechischen Restaurant gegönnt hast. Hättest vielleicht noch den Gyrosteller dazu nehmen sollen. Esst ihr überhaupt? Wird wohl so sein, denn wer trinken kann, sollte auch essen können.

Ganz so hell war es in dem Restaurant ja auch nicht und ich kann mir gut vorstellen, dass Du ein paar Pfeile abschießen musstest. Nur zeitverzögert kamen sie, bzw. der Pfeil an. Wen hast Du in deinem Ouzo-Zustand so alles getroffen? Die Leute tun mir echt leid, denn sie wissen ja nicht dass Du gut angeschäkert warst.

Ich kann mir gut vorstellen, wie Du da auf Deiner Wolke sitzt und ein bisschen Wolkenstaub auf Robert und mich runterpustest. Ja, es hat funktioniert. Der Funke ist gezündet, brauchte aber länger als 4 Monate bis er zusammen mit dem Pfeil einschlug.

Obwohl wir im gleichen Club Bowling spielten, hatten wir uns vorher nie gesehen, da er in einer anderen Liga spielte und die Clubmitglieder auch nicht gemeinsam trainierten. Erst bei einem Saisonabschlussessen der jeweils 2. Damen- und Herrenmannschaft saßen wir uns gegenüber. Die Organisatorin hatte mich vorher gefragt ob ich einen der männlichen Spieler mit nach Hause nehmen kann, er würde in meiner Nähe wohnen und das war Robert.

Gesagt, getan, auf der 31 Kilometer langen Strecke quer durch Hamburg unterhielten wir uns genauso gut wie vorher im Restaurant. Dabei erzählte er mir auch, dass er bei einer, nur einmal im Jahr bei einer mehrtägigen Freiluft Theater Aufführung im römischen Garten mit aushilft. Diese Stelle ist mit Blick auf die Elbe und wenn ihr liebe Leserinnen und Leser im Juli/August mal in Hamburg seid, schaut mal im Internet nach „theater römischer garten", ihr werdet was finden. Kauft eine Karte, geht hin, es ist eine ganz besondere Szene wenn die großen Pötte im Hintergrund auf der Elbe vorbeifahren.

Nicht abschweifen….wo war ich….?

Ach ja, ich bat ihn mir Bescheid zu sagen wenn das Programm und die Termine feststehen.

Ihn bis vor die Haustür zu fahren, kam mir nicht in den Sinn, schließlich musste er nicht mit Bus & Bahn die weite Strecke fahren, sondern nur noch ein kurzes Stück. Kurz vor einer Kreuzung sagte ich ihm dass ich dort links abbiegen muss und bei der Rotphase stieg er aus.

Gesehen habe ich Ihn dann erst ein paar Wochen später bei der Vereinsmeisterschaft und der anschließenden Versammlung mit Siegerehrung.
Na, was glaubt ihr wer nebeneinander gesessen hat?
Richtig! Robert und ich habe ihn wieder bis zur Kreuzung mitgenommen. Ich muss ja links abbiegen…….

Eine Arbeitskollegin konnte ich von dem Theater begeistern und so kaufte ich die Eintrittskarten und wir gingen hin. Die Begrüßung war noch per Handschlag aber die Verabschiedung!!!
WoW so fühlt sich das an wenn im richtigen Moment Dein Pfeil, lieber Amor, eintrifft. Gerade in dem Moment als er sich mit Küsschen rechts, links verabschiedete und ich seinen rechten Arm berührte. Wie ein Blitzeinschlag durchzuckte es meinen Körper und ich dachte nur, diese Berührung muss ich nochmal haben. Ein Kribbeln, fast wie bei einem echten Stromschlag, aber angenehm. Er musste weg, er hat kein Auto und wurde mitgenommen.

Ein paar Tage später verabredeten wir uns um ins Kino zu gehen, danach gingen wir noch was trinken und diesmal fuhr ich ihn fast bis vor die Haustür. Bei der Verabschiedung gab es den ersten Kuss und am nächsten Tag schrieb ich ihm:
„auch wenn ich mich zum Affen mache, das mit dem Kuss würde ich gerne wiederholen"

Seine Antwort: „Dann bin ich wohl der zweite Affe".

Na – könnt ihr es erraten? Es dauerte nicht lange und er kam zu mir in die Wohnung wo es noch am Abend zu unserem ersten sexuellen Kontakt kam und er blieb gleich über Nacht. Heute weiß ich warum oder besser gesagt ich kann es nur vermuten. Aber dazu später mehr.

Ab diesem Abend telefonierten wir fast täglich bis zu 5 Stunden und trafen uns so gut wie jedes Wochenende. Ich pickte ihn an einer Bushaltestelle auf, wir fuhren in meine Wohnung und dort verbrachten wir das Wochenende bis ich ihn am Montagmorgen wieder an einer Bushaltestelle absetzte. In den Stunden die wir im Bett verbrachten und ich in seinen Armen lag, hatte ich echt das Gefühl er ist die zweite Hälfte meiner Seele.

*Spiegel*

*Du bist der Spiegel meiner Seele*
*in Dir erkenne ich mich selbst*
*dein Wesen, deine Art*
*ich erkenne vertraute Züge*
*die gemeinsamen Stunden*
*als ob wir eins wären und doch sind*
*wir 2 verschiedene Menschen die*
*sich gefunden haben*
*Schweigend und doch so viel sagend*
*in der Gegenwart des anderen*
*meine Gedanken verschmelzen mit*
*deinen und tauschen sich aus*
*Eins sein, miteinander verbunden durch*
*ein unsichtbares Band*

Da er auch Bowling spielte waren die Sonntage von September bis März mit den Ligaspielen belegt. Entweder fuhr ich ihn zu der nächstgelegenen S- oder U-Bahnhaltestelle oder wenn ich selbst nicht spielen musste, begleitete ich ihn zu der Bowling Bahn wo seine Mannschaft den Ligastart hatten. Natürlich hatte er die Zeit von Freitagabend bis Sonntagmorgen bei mir verbracht.

Sexuell dachte ich am Anfang, OK ist ausbaufähig und vielleicht liegt es an der Überreizung oder daran das er viele Jahre keine Partnerin hatte oder am Alter, er war 13 Jahre älter als ich, dass sein bestes Stück nicht so reagiert hat, wie ich es aus den vorherigen Beziehungen gewohnt war.

Im Laufe der Zeit entwickelte es sich aber zum Blümchensex und das langweilte mich auf die Dauer. Er war auch nicht bereit für Experimente und so wurden der Sex weniger und die Orgasmen unechter. Hab ja

Harry & Sally gesehen und ich glaube nicht, dass er das gemerkt hat. Ich wollte den Blümchensex einfach hinter mich bringen. Ja, ich bin auch auf meine Kosten gekommen, doch nach den Erlebnissen mit Uwe bin ich zu anspruchsvoll.

Was mich auch nervte, war seine Kleiderordnung. Auch spontaner Sex war damit belastet. Wenn er seine Kleidung ausgezogen hat, dann wurden die Hose und das Hemd erst mal ordentlich zusammen gelegt und die Socken übereinander daneben. Nicht wie man denkt, das die Klamotten erst mal verstreut auf dem Boden landen – nein gefaltet und auf das Sofa gelegt. Erst dann ging's ins Bett.

Amor – was soll das? Warum hast Du den ausgesucht? Wieder so ein Griff ins Klo. Vielleicht warst Du ja gerade auf dem stillen Örtchen und beim „drücken" ist dir der Pfeil losgegangen.
In der Hoffnung doch eine dauerhafte Beziehung mit ihm einzugehen, machte ich ihm eines Tages einen Heiratsantrag. Er lachte und sagte: „Wie soll ich das meinen Ex-Freundinnen erklären?"
Wäre mir doch vollkommen schnurz gewesen….

Die Zeit verging und es stellte sich eine mir ganz und gar nicht gefallende Routine ein. Doch dann entstand bei mir das unheimlich starke Bedürfnis ein Stück gegrilltes Fleisch zwischen den Zähnen zu haben und so kam ich auf die Idee, mich nach einem Kleingarten umzuschauen. Ich fand auch ziemlich schnell einen und Robert erklärte sich bereit mir bei der Renovierung der Hütte und der Neugestaltung zu helfen. OK, gekauft! Allerdings war es da schon Herbst und wir mussten bis zum Frühjahr warten bis wir loslegen konnten.
Aber dann – die Hütte wurde per Hand abgeschliffen,  anders ging es nicht und neu gestrichen. Er machte…und machte… und machte… aber immer nur wenn ich ihm sagte was er machen soll. Und jedes Wochenende das gleiche Spiel. Er fragte was wir machen – ich sagte ihm, wir müssen einkaufen gehen und dann in den Garten. Auch machte er nie einen Vorschlag was wir essen könnten. Obwohl er neben einem Lebensmittelmarkt wohnte, kam er nie auf die Idee schon einmal freitags, bevor ich ihn aufsammelte, etwas fürs Wochenende einzukaufen. Nein, er trottelte mit dem Einkaufswagen immer hinter mir.

Amor – wolltest Du mich nerven oder was war Dein Plan? Ein weit über 60-jähriger Mann der hinter mir her lief wie ein kleines Kind das ich vom Kindergarten abgeholt hatte. Da hast Du, Amor, meine Nerven ganz schön strapaziert!

Mit der Zeit wurde er immer lethargischer und es immer schwieriger in zu irgendwas zu motivieren.
Auch rief er mich so gut wie nie an, ich musste ihn immer anrufen. Er sagte immer, er wisse ja nicht ob er mich störe.

Bereits bei ersten Treffen sagte er mir, seine Wohnung wäre tabu für Frauen. Da habe ich noch nicht so viel Wert auf diese Aussage gemacht und im Laufe der Zeit immer wieder mal nachgefragt wann ich seine Wohnung zu sehen bekomme. Ich wollte da kein Wochenende verbringen und schon gar nicht einziehen. Robert sagte, seine Wohnung hat gerade mal 43 Quadratmeter, meine Wohnung hat 72 Quadratmeter.

Amor – was glaubst Du wo ich mich wohler gefühlt habe?

Nix passierte, er verneinte immer meine Frage, wann ich sehen darf wie er lebt. Zwischendurch hatten wir deswegen schon mal mehrere Wochen Funkstille.

Zuletzt war es ihm wichtiger als unsere Beziehung. dass niemand in seine Wohnung kommt, auch seine Kinder und Enkelkinder dürfen nicht rein und das war der Grund für mich diese Beziehung endlich zu beenden. Ich hatte viel zu lange, nämlich 4,5 Jahre auf diesen Skorpion gesetzt und am Ende doch nur Verloren.
Oder andersrum gesagt, wieder eine LebensLiebeserfahrung gemacht.

Danke Amor! Hier ist Dein Pfeil etwas in Schieflage geraten.

2019

Schuss 10

Der Alleinerziehende

Peter

Sternzeichen Fische

Mann oh Mann – bist du betrunken oder welche giftigen Nebelwolkendämpfe hast Du, lieber Amor, eingeatmet. Du bist ja wirklich ein hoffnungsloser Fall, Schulnote 5 oder wie in einigen Arbeitszeugnissen steht „er hat sich bemüht" ist meine Beurteilung nach dem letzten abgegebenen Schuss. Nach so vielen (10!!) Schüssen müsstest du ja mal endlich richtig treffen oder nicht wieder in der Zeile verrutschen. Ich glaub's nicht!

Ich mein das mit den verheirateten Männern mit denen Du mich verkuppelt hast, hat ja irgendwie eine Zeit lang Spaß gemacht. Auch an den ewigen Single muss ich heute noch sehr viel denken und bedauere sehr, dass eine höhere Macht ihn schon so früh zu sich geholt hat. Selbst die seelisch lädierten verzeih ich dir – aber jetzt??? Nein, Nein das muss wirklich nicht sein! Kannst

Du bitte deinen Amor-Pfeil-Schuss wieder rückgängig machen?

Was hast Du dir dabei gedacht? Willst Du mich heute, im reifen Alter von 56 Jahren, an den Rand des Liebeswahnsinns treiben?

Was? Du weißt nicht was ich meine – OK ich erkläre es Dir:

Vor ca. 6 Monaten hast du anscheinend zu viel gezwinkert und der Alleinerziehende und ich begannen eine gewisse Sympathie füreinander zu entwickeln. Da bist Du wohl nur über unsere Köpfe hinweg geschwebt. Wahrscheinlich hast du sogar gepupst, denn anders als dadurch kann ich mir nicht erklären wie das Korn eingepflanzt wurde und ich auf die Idee kam, da könnte was draus werden. Na, dämmerts? Wo warst Du dann? Im Langzeiturlaub auf Wolke 49?
Na das müssen ja tolle Ferien gewesen sein. Ein Seminar, wie bringe ich die idealen Menschen zu einem Paar zusammen, wäre sinnvoller gewesen. Oder ein Trainingslager für Pfeil und Bogen, sofern es so was gibt. Denn dein Pfeil hat uns beide nicht richtig getroffen. Besser wäre es gewesen, wenn Du ihn erst gar nicht abgeschossen hättest. Nun haben wir den Salat, der Alleinerziehende fährt Schlittschuh in meinem Kopf, ich bekomme ihn nicht mehr raus.

Auch das Küssen und seine Hände auf meinem Körper zu spüren schreit nach einer Fortsetzung. Und noch nicht mal das hast Du richtig hinbekommen – nur ein paar, doch sehr angenehme, wenige Küsse hab ich abbekommen und mehr nicht!
Dann musste der Alleinerziehende zu seinem jugendlichen Kind.

Grrrrr…. so was ist mir mein Leben lang noch nicht passiert. Wie ihr liebe Leserinnen und Leser und auch Du, Amor inzwischen wisst, waren die anderen vorher zwar auch Extremfälle - aber das? Das will ich nicht, auch wenn das Verlangen, dass dein Pfeil ausgelöst hat, noch da ist und wie Alkohol durch meine Blutbahn fließt. Es fließt sehr dickflüssig und löst sich nur im Superschneckentempo auf.

Er lässt mich zappeln, noch mehr als ein Fisch im Köcher. Verliebt sein ist ja was sehr schönes, wenn der Partner dann auch das ist. Doch das was Du gerade ausgelöst hast, ist ja kaum zu fassen. Und dann lässt Du auch noch zu, dass ich mich mit ihm nochmal treffe und auch noch mit ihm in der Kiste lande.
Das war aber so heftig, dass wir noch angezogen auf mein Bett fielen und dann so nach und nach uns den Kleidungsstücken entledigten, die verstreut rund ums Bett landeten. (grins, ein normaler Mann – den davor hast du ja erst mal die Kleider zusammen legen lassen)

Dabei ist ihm sein Handy aus der Hosentasche irgendwo auf die Bettdecke gefallen. Wir haben es nicht bemerkt, vielleicht auch drauf gelegen und lachten später darüber, dass ein Anruf, der zwar nicht kam, aber doch durch den eingestellten Vibrationsalarm vielleicht sogar das Kribbeln erhöht hätte.

Dadurch das sein Sohn und alle anderen die uns kennen, noch nichts von einer möglichen Beziehung wissen und auch nicht wissen sollen ist es, das könnt ihr euch sicher vorstellen, nicht einfach. Wir wohnen auch weit voneinander entfernt und können uns nicht oft sehen. Die gelegentlichen Telefonate und Kurznachrichten über Messanger sind nicht gerade erfüllend und stillen das Verlangen keinesfalls.

Ach Amor – was hast Du hier wieder angerichtet?

Fortsetzung folgt.…..
    wenn es eine Fortsetzung gibt.

## *Augenblick*

*Ich verfalle deinem Augenblick*
*Gibt es ein Weg zurück*
*Hab ich den Weg zu dir gefunden*
*Oder geh ich wieder nur meine Runden*
*Ohne Ziel, ohne Halt*
*Verfallen an deiner Gestalt*
*Der Falsche wieder mal*
*Zurück bleibt nur der Geschmack so schal*
*Gequält suche dich deinen Blick*
*Verfallen im Augenblick*

Nie habe ich einen Mann gesucht, sie sind mir zugelaufen wie junge Hunde. OK, vielleicht bin ich dem ein oder anderen auch etwas hinterhergelaufen. Genossen habe ich jede Beziehung, zumindest in der ersten Zeit.

„Mensch Selma, du hast einen Arsch wie ein Brauereigaul" Diesen Satz sagt ein Mitschüler zu mir als ich 14 oder 15 Jahre alt war. Ich war schon immer Kilomäßig über der Norm und auch heute würden mich einige Menschen mit Sicherheit als Fett mit Körperform bezeichnen. Eine Taille war immer da und der Rest war gut verteilt, speziell in der Oberweite. Die Hemmungen, übergewichtig auf einen Mann zuzugehen sind immens groß, FRAU muss schon ein starkes Selbstbewusstsein haben. Das hatte ich nicht und bin trotzdem fast mein ganzes bisheriges Leben immer Männern, nicht nur den in diesem Buch genannten 10, sondern auch bei einigen One-Night-Stands oder Kurzfristaffären begegnet, die sich mit meinen Rundungen anfreunden konnten. Ganz besonders bei den Portugiesen. Die stehen auf Frauen, bei denen sie zugreifen können.

Und es waren immer schlanke Männer. OK der ein oder andere hatte schon ein kleines Bäuchlein, aber das war nie störend sondern vielleicht schon Altersbedingte Gewebeschwäche. Übergewichtige Männer törnen mich nicht an. Sie sind bestimmt auch ganz liebe und nette Männer und vielleicht sollte ich doch mal einen zweiten Blick auf einen werfen, wenn Amor gerade wieder schläft.

Früher habe ich nie meine Kontaktlinsen rausgenommen, wenn ich mich mit einem Mann getroffen habe. Frau ist ja eitel.

Auch wenn man beim Liebesakt doch auch oft die Augen geschlossen hat. Heute nehme ich sie vorher raus, aber nicht weil ich nicht mehr eitel bin, nein der Grund ist so lächerlich wie er auch sicher bei jedem älteren Menschen ein schmunzeln ins Gesicht zaubert. Meine Kontaktlinsen sind inzwischen so gearbeitet, dass die Altersweitsichtigkeit ausgeglichen wird ohne dass ich eine Gleitsichtbrille benötige. Mit Rechts kann ich in der Nähe sehen, mit Links in der Ferne. Das bedeutet aber auch, dass ich mit Links in der Nähe nichts erkennen kann. Wen man so ganz nah beieinander liegt, ist das schon hinderlich. Früher habe ich über die Menschen gelächelt, die um besser sehen zu können wie zum Beispiel das Nadelöhr oder die inzwischen immer kleiner werdende Schrift auf Verpackungen lesen zu können, ihre Brille nach oben schieben.

Mir geht es jetzt genauso. Ohne Kontaktlinsen bzw. Brille kann ich diese winzige Schrift und das Nadelöhr viel besser sehen. Na und so geht's mir auch mit den Männer – ja ich will jede Falte im Gesicht und jedes graue Haar am Kopf oder im Bart sehen! Und deswegen nehme ich die Linsen vorher raus. Nach einer gemeinsam verbrachten Nacht muss der Mann mich ja sowieso mit Brille akzeptieren, also kann er mich auch vorher schon damit sehen.

Apropo Bart – 7 der hier aufgezählten 10 Männern hatten einen Schnauzer oder einen Bart und 8 waren dunkelhaarig, 2 waren Blond.

Vielleicht sollte ich mal nach einem rothaarigen Ausschau halten......

Dein Kumpel, der für die Freundschaftspfeile zuständig ist, der hat exakte und gute Arbeit geleistet. Die „Liebe meines Lebens" hält nun schon 27 Jahre. Klar hatten wir auch unserer Höhen und Tiefen. Doch wir fühlen uns nach wie vor innig verbunden und denken oft, warum kann einer von uns beiden kein Mann sein. Auch darüber, ob wir lesbisch werden sollten, haben wir mal gesprochen. Das ist aber beides nicht der Fall. Hier spielt Sex auch keine Rolle, wahrscheinlich ist das der Grund und so genießen wir unsere Freundschaft in jedem Moment wenn wir uns sehen. Meine Sandra (Skorpion) und ich.

### *Freundin*

*Meine Probleme sind auch deine*
*In unseren Gesprächen lösen sie*
*sich in Luft auf*
*du hörst mir zu und ich bin für dich*
*da wenn wir uns brauchen*
*zwei Seelen dich sich gefunden haben*
*und für einander mit einander das gleiche*
*denken und reden*
*Gemeinsam in einer Welt auch wenn uns*
*Tausende Kilometer trennen*
*Hör ich mal deine Stimme nicht fehlt mir*
*etwas was ich dir erzählen kann*
*Nur die, die dieses Gefühl kennen*
*wissen was es bedeutet dich als*
*Freundin zu haben*

Ich bedanke mich bei Ihr für ihre Unterstützung, ihre Erinnerung an unsere gemeinsamen Jahre in Portugal, wo sie auch heute noch lebt und natürlich für kritische Kommentare nachdem sie den Entwurf gelesen hat.

Sie beschäftigt sich mit 9 Star Ki Astrologie, in Deutschland auch Feng-Shui Astrologie genannt und wir haben die 10 Männer anhand deren Geburtsdaten beleuchtet. Der einzige, der danach idealerweise in mein Leben passt, ist der Alleinerziehende. Vielleicht gibt es ja doch eine Fortsetzung und Amor hat endlich mal richtig getroffen. Sieht zwischen ihm und mir im Moment aber nicht gut aus.

Oder ist mein Amor in Rente und ich habe bei Schuss 10 einen neuen, anderen Schützen gehabt??????

Die angegebenen Namen sind natürlich nicht die echten, obwohl ich kaum glaube dass einer „meiner Männer" dieses Buch lesen wird.

Einer wird es definitiv nicht lesen können, Uwe, denn bei ihm weiß ich dass er nicht mehr lebt. Seine Geschichte aufzuschreiben ist mir auch am schwersten gefallen und ich habe sie mir bis zum Schluss aufgehoben. Warum? Wahrscheinlich weil wir nicht ohne einander und auch nicht miteinander konnten. Auch hier ist es so – ohne ihn kann es dieses Buch nicht geben. Mit ihm erscheint es mir falsch weil auch das zwischen ihm und mir eine ganz besondere und eigenartige Beziehung war.

Die Orte sind schon real und Portugal ist immer in meinem Herzen.

*Gestern habe ich gelernt zu genieße*
*Heute genieße ich das Leben*
*morgen genoss ich das gestern*

Nicht in dieses Buch geschafft haben es ein paar kurze, meist nicht länger als 3 Monate dauernde Affären wie mit

- dem Supermarktmitarbeiter weil er beim Oralsex eingeschlafen ist.

- dem älteren Mann der mir beibrachte Tageszeitungen zu lesen.

- der Baumarktmitarbeiter der bei mir eine Entzündung des Zahnfleisches verursachte. Mein damaliger Zahnarzt sagte bei der Untersuchung „Na, wohl den falschen Mann geküsst?".

- der blonde Grieche mit dem Adonis-Körper aber wenig Gehirnzellen.

- der Jugendschwarm unserer Schule, ein Halbitaliener mit wunderschönen rehbraunen Augen, den ich 11 Jahre nach dem Schulabschluss endlich da hatte, wo ich ihn haben wollte – im Bett.

- der Radiomoderator denn ich nach einem Anruf von mir bei einer Astrologie-Sendung kennenlernte und der nur in einer Stellung konnte.

und

- mein Klassenkamerad von dem ich meinen ersten Zungenkuss erhielt

Warum ich mich so gut an alle erinnern kann, fragt ihr euch liebe Leserinnen und Leser jetzt sicher.
Ich hatte irgendwann angefangen mir die Namen, Geburtsdaten und sexuelle Vorlieben in einem Buch aufzuschreiben.

Die One-Night-Stands werden hier nicht aufgeführt, es sollten auch nur die Hauptpersonen, mit denen ich mir lang-frostigere Beziehungen vorstellen konnte in dem Liebesdrama mit Amor aufgeführt werden.

Auch kann ich euch versichern, dass auf den vergangenen Seiten nicht ein Mann oder ein Detail erdacht ist.

Auch die in den Geschichten enthaltenen und nachfolgenden Gedichte sind von mir persönlich geschrieben.

Herbst 2019
40 Jahre nach der Entjungferung

# Weitere Gedichte

*Schwups*

Schwups, da warst du da in meinem Leben
Und schwups schon seh ich dich nicht mehr
Gerade haben wir erst zueinander gefunden
Und schon sind wir wieder getrennt
Schwups so ein starkes Gefühl für dich
Schwups wie geht es wieder weg
Ich will es nicht verlieren
Und schwups schon wieder ist es da
Stärker als je zuvor
Ich kann es nicht beschreiben
Und doch sagt es alles
Schwups und schon wieder ist ein Tag vorbei
Ein Tag ohne Dich zu sehen
Ein Tag ohne dich zu hören
Ein verlorener Tag ohne deine Liebe
Weit weg von Dir spüre ich dich
Ohne dich, schwups zerreißt es mich

*Zeitverlust*

Verliere ich die Zeit beim Gedanken an dich
Ganz besonders ärgerts mich
Zeit so wertvoll und kostbar
Für jede Minute so dankbar
Die ich mit dir verbringen kann
Doch frage ich mich wann
Die Zeit allein und nicht mir dir
Der Zeitverlust passiert nur mir

*Unbekannt*

Unbekannt
Und doch so nah
Geschriebene Worte ergreifen die Seele
Lassen sie tanzen vor Freude
sind gar nicht mehr so fremd
entwickeln ein Bild
farbenprächtig rasen die Gedanken
durch den Körper
wärs doch so in Wirklichkeit
neues entdecken und altvertrautes
erkennen

*Schnee*

*Weis bedeckst du unser Land
Stille breitet sich aus
deine Million und aber Millionen
Flocken ziehen fallend ihre Kreise
vereinigen sich zum ganzen
sie aufzufangen ist unmöglich
hat es denn jemals einer versucht
verschluckst den Lärm den wir
machen und gibst uns die Ruhe die wir brauchen
dich wieder auseinanderzubringen
ist ein Puzzle ohne Anfang und Ende
Knirschend erinnerst du uns daran
das alles vergänglich ist
von uns zertreten verblasst deine Schönheit,
wir zerstören dich zu
unserem egoistischen Vergnügen
ruhig lässt du dir es gefallen und
kommst doch immer wieder
um uns zu gefallen,
um uns Freude zu bereiten
und damit wir uns an
unsere unbeschwerte Kindheit zu erinnern*

*Weihnachtszauber*

Kerzenschein, ganz allein
Weihnacht bin ich sicher dran,
wo ist denn dieser Mann
dem es auch genauso geht
und nicht an meiner Seite steht
Winterkälte, Glitzerzauber und
Duftgebäck
ach du großer Schreck
wieder ist ein Jahr vorbei
ist mir auch schon einerlei
bin schon dran gewöhnt
wann werde ich von dir verwöhnt
Jedes Jahr die gleiche Prozedur
nur Du, du fehlst mir nur

Noch ein paar Fakten und Zahlenspielchen

- geboren am 24.02.
- 24 : 2 = 12
- ein Tag hat 2 x 12 Stunden
- es gibt 12 Sternkreiszeichen
- Sternzeichen Fische (2!!)
- habe eine Zwillingsschwester
- Mutter am 12.06. geboren
- 12 : 6 = 2
- Sternzeichen Zwilling

……und mein Vater war Hobbyangler

*Selma Arade*

Geboren 1963,
in Hessen aufgewachsen,
einige Jahre in Portugal gearbeitet
in Hamburg lebend
glücklich geschieden
immer wieder unglücklich verliebt

und trotzdem zufrieden mit Ihrem Leben

**Vorschau**

Andrea, eine ganz normale Frau

Andrea

Eine Frau wie so viele, das dachte sie immer wenn ihr nichtssagender Standardtag vorbei war und sie abends im Bett lag. Das Ihre täglichen Erlebnisse für viele nicht selbstverständlich sind, begreift sie erst viele Jahre später.
Bis dahin hatte sie Höhen und Tiefen in ihrem Job, Freunde die kamen und gingen und spielte einigermaßen Bowling.
In Hamburg lebte sie gerne, auch wenn sie hier nicht aufgewachsen war. Diese wunderschöne Großstadt bot viele Möglichkeiten sich zu beschäftigen, abzuschalten und nette Menschen kennen zu lernen.

Sie und Ihre Zwillingsschwester Claudia wurden von ihrem Vater nur der „Clan" genannt, wonach er auch das kleine Fischerboot, dass er als die beiden noch klein waren, getauft hatte. Damit machten sie kleine Ausflüge und fuhren zum Angeln auf der Ostsee.

Eigentlich sollte sie sich mit ihrer Zwillingsschwester gut verstehen, doch im Erwachsenenalter redeten die beiden nicht mehr miteinander. Auch das gesellige Miteinander, das sie als Kinder bis zum Schulbeginn aktiv praktizierten, verlor sich in all den Jahren. Eine Weihnachtsfeier in der Firma zum Beispiel fällt ihr nicht immer leicht.

Weihnachtsfeier! Puuuuhhh schon wieder ist ein Jahr vorbei und es hat sich nichts verändert. Ja, die Kollegen reden tagsüber mit mir, aber nach Feierabend noch mit allen aus der ganzen Firma zusammensitzen und so tun als ob ich fröhlich bin? Muss ich mir das wirklich antun? Und die zwei aus der anderen Abteilung die nur einen Zweck darin sehen - nämlich so viel und schnell wie es nur geht alles möglich an Alkohol in sich reinzuschütten. Einfach nur ekelhaft. Besoffene Frauen sind für mich unerträglich und doch muss ich sie ertragen wenn ich mitgehe. Wenn ich aber absage, bin ich der Spielverderber und die, die sich immer ausgrenzt. Diejenige die unkollegial ist und der es an mangelndem Teamgeist fehlt.

Abgesehen von der wieder ewig lang dauernden Rede der Geschäftsführung, die eigentlich ganz nett ist, doch wenn ich auf der Feier mit ihr zusammensitze und rede, werde ich dann von den Kollegen beobachtet und denken die dann, ich will mich bei der GF einschmeicheln? Mein Auto steht vor der Tür, ich trinke deswegen nichts, kann aber jederzeit selbst entscheiden wann ich gehe. Gehe ich zu früh, direkt nach dem Essen, gelte ich dann als Schmarotzer, die nur mitkommt weil es was umsonst gibt? Gehe ich mit den letzten, gelte ich dann als die, die nichts verpassen will?

Wann ist der richtige Zeitpunkt zu gehen um zu zeigen, das mich meine Kollegen auch privat interessieren und ich doch noch die nötige Regenerationszeit zwischen 2 Arbeitstagen zu bekommen?
Kann die Weihnachtsfeier nicht mal auf einen Freitag gelegt werden?
Hab ich eine Ausrede um nicht zu gehen?

Ich glaube ich werde mich anmelden und wieder mal dabei sein. Ist ja nur 1x im Jahr, ich werde es schon irgendwie überstehen, auch wenn die Kollegen kaum mit mir reden und ich allein am Tisch sitze.

**Veröffentlichung geplant für Ende 2020**